*a Silvana Sola, sognatrice concreta*
*che trasforma i sogni in progetti*
*e a tutte le libraie intelligenti e appassionate*
*che sono cresciute assieme a lei*

Edizioni Lapis
Via Francesco Ferrara, 50
00191 Roma
tel: +39.06.3295935
www.edizionilapis.it
e-mail: lapis@edizionilapis.it

ISBN: 978-88-7874-082-2

Finito di stampare nel mese di giugno 2014
presso Rubbettino Print
Soveria Mannelli (CZ)

Janna Carioli

# LEONARDO
## E L'ENIGMA DI UN SORRISO

illustrazioni di Luigi Dragonetti

Lapis edizioni

## LEONARDO

14 anni, occhi azzurri e lunghi capelli biondi. Parte dalla campagna di Vinci e va a Firenze per imparare a fare il pittore.

## SER PIERO

padre di Leonardo, fa il notaio a Firenze.

## FRANCESCO

zio di Leonardo, lo ha praticamente allevato a Vinci.

## CATERINA

contadina, madre di Leonardo.

## ANDREA DEL VERROCCHIO

grande e grosso, è il “Mastro” da cui Leonardo va a bottega a Firenze.

**TITA**
15 anni, sorella di Andrea del Verrocchio e confidente di Leonardo.

**LORENZO DE' MEDICI**
giovane signore di Firenze, verrà chiamato "Lorenzo il Magnifico".

**GIULIANO DE' MEDICI**
fratello di Lorenzo de' Medici.

**AGNOLO DI POLO**
giovane apprendista scultore, amico di Leonardo.

**IL GHIRLANDAIO**
apprendista pittore, rivale di Leonardo.

IL PERUGINO,

SANDRO BOTTICELLI,

LORENZO DI CREDI
allievi del Verrocchio alla sua bottega.

BATACCHIO
è un mastro fonditore di campane.

# IL PRIMO TACCUINO

«Mmmfff!».

Leonardo cacciò con uno sbuffo la mosca che gli solleticava il naso e, senza aprire gli occhi, ficcò il viso sotto il sacco di piume d'oca. Stava sognando di volare e voleva finire il sogno. Si trovava sopra una collina dalla quale scendeva a grandi balzi senza mai toccare terra. Sentiva il corpo leggero e per alzarsi nell'aria gli bastava agitare le braccia lentamente, come un falco. Era una sensazione meravigliosa e non voleva abbandonare il sonno per colpa di uno stupidissimo insetto. Ma la mosca passò a solleticargli l'orecchio. Mugugnando tirò fuori una mano e si diede una sonorissima pacca sulla guancia.

«Crepa!» ma il sonno ormai era rotto.

Una risata sottolineò il fallimento della caccia alla mosca.

Leonardo aprì gli occhi e vide la faccia dello zio Francesco che sghignazzava accanto al letto mostrandogli la piuma con cui lo aveva solleticato.

«Ma che ora è?» brontolò grattandosi la massa arruffata di riccioli biondi.

«È l'alba del tuo compleanno, dormiglione».

Caspita, era vero! Leonardo balzò fuori dal letto rabbrividendo nella camiciola di tela grezza e a piedi nudi andò a far pipì nel pitale, sbirciando contemporaneamente il cielo grigio fuori dalla finestra.

«Uffa, piove anche oggi!».

Quell'anno sembrava che la primavera non avesse intenzione di arrivare mai. Dopo l'alluvione che in gennaio aveva fatto straripare l'Arno, l'inverno era continuato lungo e gelido. A Vinci l'unica stanza di casa in cui si godeva di un poco di calore era la cucina col camino in cui nonna Lucia preparava da mangiare.

Corse di nuovo sotto le coperte.

«E il mio regalo?».

«Chi ti dice che ti ho preparato un regalo?» lo sfidò lo zio.

Ma Leonardo non si lasciò imbrogliare. Lui sapeva bene che un regalo c'era. Perché svegliarlo all'alba, se no? Fin da quando ricordava, Francesco aveva festeggiato i suoi compleanni costruendogli un piccolo giocattolo. Un anno era un animaluccio intagliato nel legno, un altro era uno zufolo, un altro ancora una fionda o una trottola. Il ragazzino era impaziente. Il regalo c'era. L'uomo estrasse dalla fascia che teneva ferme le brache una specie di mattoncino.

«Che cos'è?».

Guardò dubbioso lo strano oggetto.

«È un taccuino».

«Un… taccuino? Per me? Non ho mai avuto un taccuino!».

«Infatti. A dodici anni è ora che tu ce l'abbia. Così, almeno, smetterai di rubare i fogli dallo scrittoio di tuo nonno per fare caricature. L'ultima volta si è arrabbiato moltissimo. Hai scarabocchiato tutto il retro di una carta importante per prendere in giro il prete e gli hai disegnato un naso così lungo che arrivava a toccare il mento!».

Leonardo rise.

«Gli somigliava, però!».

Francesco gli mostrò il quadernetto che aveva costruito con le sue mani: le pagine ben cucite con

un sottile budello e la copertina di morbido cuoio che si chiudeva con un nocciolo di ciliegia forato.

Cercò di afferrare il taccuino, ma lo zio lo trattenne.

«Però... devi sforzarti di scrivere bene e non al contrario con la mano mancina! Promesso?».

Non rispose né sì né no.

Come se non ci avesse provato a scrivere "giusto". Anzi, per la verità, a farlo provare era stato Padre Piero di Bartolomeo che gli faceva scuola di grammatica e di abaco in canonica. Ci aveva provato... a suon di vergate. Gli aveva anche legato la mano sinistra dietro la schiena, per insegnargli a scrivere con la destra e non con la "man del diavolo" come diceva sempre. E Leonardo, penosamente, aveva imparato. Ma non appena lontano dagli occhi del prete, ricominciava a scrivere come gli pareva: con la sinistra e a rovescio.

Era l'unico modo che gli veniva naturale.

Del resto, provava un sottile piacere nel farlo. Per leggere le sue pagine gli altri dovevano mettere lo scritto davanti allo specchio. Gli sembrava così di poter serbare segreti i suoi pensieri.

Nonno Antonio lo guardava sospirando e borbottava: «Che ne faremo di codesto figliolo strano!» mentre la nonna gli rispondeva stizzita nella sua stretta cadenza toscana: «Strano tu sarai te! Lui l'è un cittino come ll'altri!».

Francesco gli consegnò cerimoniosamente il taccuino.

«Ho scritto il tuo nome e la data, così ti ricorderai sempre del tuo anziano zio… e ti proibisco di farmi caricature!» il tono era ironicamente solenne.

Sulla prima pagina, con uno svolazzo c'era scritto: "Lionardo - Vinci, 15 aprile 1464".

"L'anziano" zio aveva 28 anni. Non c'era momento della vita del ragazzo che non fosse trascorso giocando con quella specie di fratello maggiore che lo portava a cavalluccio sulle spalle, che gli aveva insegnato ad arrampicarsi sugli alberi, a preparare le trappole per le lepri, a fare a botte con ragazzi del villaggio.

Leonardo si infilò in fretta le corte brache, afferrò il taccuino e corse giù per le scale.

In cucina il fuoco era già acceso e la nonna

stava mescolando la zuppa nel paiolo sulle braci del camino.

Sul tavolo c'era una fila di grosse pagnotte di segale messe a lievitare.

«Ohi, giusto te, Lionardo, vai un po' a prendere una fascina di legna per…».

Ma lui le passò come una saetta dietro le spalle, infilò la porta gridando un "Sì, sì, poi vengo" e si buttò a correre nei campi.

La pioggia aveva smesso di cadere e le pozzanghere riflettevano un cielo che andava via via schiarendosi. Gli uccelli avevano ripreso a cantare, come succede sempre dopo il temporale e Leonardo, centrando a piedi nudi tutte le pozze d'acqua, era felice.

Correva da Caterina, sua madre.

Chissà se si ricordava che oggi era il suo compleanno?

Chissà se lo stava aspettando?

Chissà…

Gli altri anni se lo era sempre ricordato. Anche se dopo di lui erano nate tre bambine che lei aveva avuto dall'Accattabriga, un gigantesco fornaciaio dall'aria torva che gli incuteva un certo timore.

Correva veloce lungo il canale che univa la casa dei nonni a Campo Zeppi. Gli alberi di vinchi, ancora nudi di foglie, alzavano al cielo i rami rossi e dritti come capelli sulla testa.

Quando arrivò in vista della bassa casa di pietra, rallentò il passo. Un macilento cane grigio cominciò ad abbaiare verso di lui tirando la catena e scodinzolò speranzoso guardando la mano in cui Leonardo teneva stretto il taccuino.

«Buono Branco, buono!».

La porta della stalla era aperta e il calore delle mucche rendeva l'aria compatta. Una voce di donna cantava sommessa in un angolo.

«Cade l'ulivo non cade la foglia, le tue bellezze non cadono mai...».

Leonardo si fermò incerto sulla porta.

Seduta sul basso sgabello che serviva per mungere le mucche, Caterina stava allattando Elisabetta, la bambina più piccola. Un ricciolo biondo le scendeva sgranato come una sottile trama d'oro sulla testolina pelata della neonata.

Il ragazzo sentì un urto nel petto. Gli parve di rivedere il viso della madre, così, da sotto in su, come lo vedeva ora la sorellina.

La donna la guardava con un sorriso segreto, come se lei, contadina, avesse dentro di sé tutta la sapienza del mondo. Una lama di luce polverosa

la illuminava creandole attorno una specie di cerchio magico.

Provò una fitta di invidia.

Anche lui, un tempo, era stato dentro quel cerchio.

Leonardo pensò che sua madre somigliava alla madonna che c'era sopra l'altare della chiesa di Vinci. Lei si voltò e gli sorrise.

«Lionardo!».

«Mad… Caterina…».

Quel "madre" stava per sfuggirgli dalle labbra, come ogni volta che la vedeva. Ma si trattenne. Il nonno glielo aveva spiegato cento volte. Lui doveva chiamare "madre" Albiera, la giovane donna che suo padre aveva sposato poco dopo la sua nascita. Caterina era solo la contadina che l'aveva messo al mondo.

Per gli altri, forse. Ma per lui era la mamma. E le due sillabe di quella parola se le arrotolava in bocca, come per assaporarne il sapore ogni volta che la vedeva.

Lei gli fece segno di tacere. La bambina si stava addormentando.

Leonardo si lasciò scivolare per terra e si appoggiò alla porta. Mentre aspettava raccolse un pezzetto di carbone e, aperto il taccuino, cominciò a tracciare il viso della donna che aveva ripreso la cantilena per addormentare la piccola.

«Cade l'ulivo non cade la foglia...».

Caterina si ricompose. Legò il cordoncino della camiciola e appoggiò la neonata sulla paglia. Poi frugò in una bisaccia sotto il grembiale e ne trasse una ciambellina.

«Buon compleanno, Lionardo».

Non si era dimenticata.

Passò la mattinata giocando con Branco e portando a cavalluccio Maria e Piera, le sue sorellastre, che se lo contendevano sfregando allegramente il moccio del naso sulla tela della sua camicia.

Tornò alla casa del nonno che era quasi il tocco.

Arrivò di corsa nell'aia e si fermò stupito. Nel cortile c'era il calesse del padre. Possibile che fosse lì per lui?

Ser Piero non aveva mai fatto caso al suo compleanno. A Vinci si vedeva solo per Natale e per la festa del patrono. E il fatto che la moglie Albiera, finalmente, fosse rimasta gravida del loro primo figlio, rendeva ancora più strana quella visita.

Leonardo scivolò in casa silenziosamente. Le voci del padre e del nonno discutevano concitate.

Si nascose dietro l'uscio e rimase ad ascoltare.

Il motivo del contendere era un pezzo del podere che il padre voleva venisse venduto. Ma il nonno resisteva. E resisteva proprio in nome di Leonardo.

«Lui è illegittimo. Non potrà fare il notaro come te, Piero. L'unica risorsa è che resti a Vinci e aiuti Francesco a curare le terre. Io ho più di ottant'anni, mica posso campare in eterno!».

«Ma io ne ho bisogno adesso! Adesso, capisci? A giugno nasce mio figlio. Un figlio vero, che porterà il mio nome, che si farà strada. Ho bisogno di soldi» la voce del padre era dura. «Devo fare un battesimo come si deve! Mica posso chiedere a un Medici di fare da padrino al figlio di un pezzente! Per fortuna curo certi loro affari e me lo hanno promesso. I soldi mi servono!».

«E Lionardo? Non pensi a lui? Anche lui è tuo figlio».

Aspettò la risposta del padre col fiato sospeso. Ser Piero aveva sempre avuto un vago atteggiamento di condiscendenza con lui. Quando veniva a Vinci gli chiedeva semplicemente se si comportava bene con i nonni. Ogni tanto un gesto, una specie di carezza trattenuta, ma niente di più. Da lui non ricordava di aver mai ricevuto un abbraccio vero. Eppure, aveva cercato in mille modi di conquistarne l'affetto. Aveva perfino imparato a suonare la lira solo perché il nonno si era lasciato sfuggire che suo padre cantava bene e gli piaceva la musica. Ma il Natale in cui aveva preparato una ballata da cantargli, Ser Piero lo aveva ascoltato per una strofa o due e poi aveva cominciato a chiacchierare con Albiera disinteressandosi di lui. Leonardo, che aveva aspettato per mesi quel momento, sentiva ancora le guance bruciare per l'umiliazione.

«Anche lui è tuo figlio» aveva detto il nonno. Rimase teso ad ascoltare.

«Leonardo... penserò io a trovargli una sistemazione a Firenze. Dovrà pur cominciare a fare un mestiere. Andrà a bottega da qualche parte e si guadagnerà il pane onorevolmente».

E così, quello che contava per il padre, era solo che lui non fosse di peso.

Ma il nonno si oppose.

«Perché non lo lasci a Vinci ancora un po'? A Firenze non avresti tempo di badare a lui. Deve nascere il bambino. Hai altro da pensare. Qui da noi sta bene».

Ser Piero sospirò.

«E va bene. Forse hai ragione. Ancora un anno, e poi si vede. Ma per il podere pretendo che ci pensi».

Leonardo trasse un respiro di sollievo. Non aveva nessuna voglia di lasciare Vinci.

Alle sue spalle comparve un'ombra.

Albiera era dietro di lui e lo aveva còlto a spiare. Il ventre prominente per la gravidanza avanzata e il viso pallido per la stanchezza del viaggio. La moglie di suo padre era sempre stata gentile con lui, ma davvero non avevano niente da dirsi.

Il ragazzo arrossì, salutò frettolosamente la "signora madre" e scappò di nuovo nei campi.

# SOGNAVO DI VOLARE

Le cicale frinivano impazzite nel sole cocente di giugno. Leonardo, appoggiato al pagliaio, guardava i contadini che legavano i covoni di grano appena falciati, mentre lo zio russava sonoramente vicino a lui, dopo aver mangiato pane e cacio.

Legato con una sottile catenella a una zampa, un giovane falco razzolava come una gallina attorno a loro. Francesco lo aveva tolto dal nido ancora implume e l'aveva allevato sperando di trasformarlo in un falcone. Ma il giovane rapace si era dimostrato restio ai comandi e difendeva la sua natura selvatica con fieri colpi di becco sulle mani di chi tentava di addomesticarlo.

Con un breve volo si appollaiò sulla cima del pagliaio lanciando uno strido che toccò il cuore di Leonardo. Lui non poteva sopportare gli uccelli prigionieri. Restava ore e ore a osservare il volo elegante delle rondini, le planate dei falchi, l'abilità che avevano di sfruttare il vento restando quasi immobili sospesi nell'aria. Aveva disegnato mille volte sul suo taccuino la linea armoniosa delle ali dei pipistrelli che si aprivano come mantelli nella notte. Il suo sogno era volare come loro.

Il falco lanciò un altro richiamo verso il cielo.

Leonardo sbirciò lo zio che russava a bocca aperta e si decise. Si arrampicò sulla sommità del pagliaio e si avvicinò prudentemente al falco che lo fissava con la pupilla dilatata, pronto a difendersi.

«Buono! Ti voglio solo liberare!» gli sussurrò.

Avvicinò lentamente la mano alla zampa, ma l'uccello lo beccò facendogli uscire il sangue.

«Accidenti a te!».

Prima che l'animale riuscisse a riprendere la posizione d'attacco, sganciò la catenella dalla zampa e si accovacciò a distanza di sicurezza.

Il falco rimase fermo a guardarlo.

«Vai! E vai, stupido!».

Il rapace aprì le ali, come per sgranchirsele e tentò un piccolo balzo.

«Vola! Vola, ti dico!».

Batté le mani.

«Sciò!».

Il falco con un fruscio di vento, si alzò e, incredulo, volò in cerchio sopra di lui prima di

puntare decisamente verso il cielo.

Leonardo in piedi sulla sommità del pagliaio urlò di gioia.

«Libero!».

I contadini interruppero il lavoro e, facendosi schermo con la mano, seguirono sorridendo la traiettoria del falco, come se quella libertà conquistata li riguardasse da vicino.

Lo zio si svegliò di soprassalto alle urla del nipote.

«Che c'è, che succede?».

Guardò verso l'alto e gli bastò poco per capire.

«Il mio falco!».

Leonardo si lasciò scivolare giù dal pagliaio e scappò, inseguito dall'uomo che riuscì a raggiungerlo e ad appioppargli un potente calcio nel sedere.

«E adesso me lo vai a riprendere!» gli intimò stupidamente.

Passata la rabbia, i due sedettero vicini e il ragazzino confessò allo zio perché aveva liberato il falco.

«È perché sogno sempre che son piccino, sto dentro la culla e un nibbio viene e mi colpisce la bocca con la coda, poi vola via. E quando mi sveglio sento uno struggimento dentro perché vorrei essere io quel nibbio! Secondo te, se si battono forte le ali si può volare? Io un giorno ci voglio provare».

Lo zio lo canzonò.

«Ma certo, e poi tu caschi a terra come un gatto di ferro! Non ti ricordi più di quando ti sei buttato giù dal pianoro, che se non c'ero io a recuperarti rimanevi piantato a testa in giù come una cipolla?».

Leonardo sbuffò. Era vero. Il mese prima si era costruito delle ali usando pelle leggera di agnellino e canne di fiume. Se le era legate alle braccia e aveva convinto lo zio ad aspettarlo in fondo a un ripidissimo sbalzo di terra, dal quale si era lanciato sbattendo le braccia freneticamente, nella speranza di decollare. Dopo una decina di balzi era rovinosamente ruzzolato, rimanendo incastrato a testa in giù fra gli alberi. C'era voluto l'intervento di Francesco per liberarlo e il suo aiuto per tornare zoppicando a casa con una caviglia slogata.

«È perché la pelle di agnello è troppo grossa» borbottò.

«È perché i' tu' cervello l'è troppo piccolo!» lo rimbeccò lo zio.

Tornarono a casa al tramonto e trovarono il cavallo del padre attaccato all'anello di ferro vicino alla porta. La nonna, seduta in cucina, si asciugava le lacrime col grembiale.

«È morta l'Albiera. Lei e il cittino son morti tutti e due!» singhiozzò.

Leonardo ascoltò in silenzio il racconto della vecchia. Il figlio che suo padre aspettava con tanta trepidazione, il figlio "vero", era morto assieme alla madre durante il parto. Era un maschio.

Ne provò dolore. Anche se si erano sempre visti poco, Albiera era stata gentile con lui. Quando era più piccolo ricordava le storie che lei gli raccontava e, oltre la nonna, era l'unica dalla quale aveva ricevuto qualche rara carezza.

Il padre era fuori col nonno e quando tornarono aveva gli occhi rossi.

Cenarono in silenzio.

Dopo mangiato il ragazzino si ritirò in un angolo e, alla luce della candela, si mise a disegnare il falco che aveva liberato nel pomeriggio.

La figura del padre torreggiò sopra di lui.

Senza dire nulla gli prese il taccuino dalle mani e lo sfogliò.

Leonardo rincalcò la testa fra le spalle, trattenendo inconsciamente il respiro. Sulle pagine c'erano le caricature del prete, della nonna e del nonno. Aveva fatto anche quella del padre, con l'espressione avida mentre contava un mucchietto di monete. Temette di essere sgridato, ma Ser Piero sorrise.

«Sì, forse si può ricavare qualche cosa da te. Hai una buona mano».

E gli restituì il taccuino.

«Domani Leonardo viene a Firenze con me» annunciò.

«Domani?».

Francesco si intromise accigliato. Era affezionato a quel nipote. Lo aveva visto nascere e lo considerava un po' come figlio suo. Lo sapeva che prima o poi il fratello lo avrebbe portato a Firenze, ma quel "domani" lo aveva colto di sorpresa.

«Ma sì. C'è una grande giostra organizzata dai Medici. Così imparerà a conoscere la città e con l'occasione lo presenterò a mastro Andrea».

«Il Verrocchio?» indagò ancora Francesco.

«Sì, il Verrocchio. La sua è una delle botteghe più stimate di Firenze. Chi va da lui esce orafo, pittore, scultore... insomma esce con un mestiere. È un amico. Gli mostrerò i disegni del ragazzo, così si vede subito se ha stoffa o va avviato a un'altra strada».

Leonardo ascoltava in silenzio. Accidenti a lui e a quando aveva cominciato a fare disegni su quel taccuino!

Corse sull'aia e dilatò le narici respirando l'aria pulita della campagna. La luce del crepuscolo colorava di rosa le colline che lui conosceva in ogni loro cresta e anfratto. Le guardò come se non dovesse vederle più. Lui era cresciuto lì. Quelle erano le sue colline, quelli i suoi posti. Lì c'erano le persone che lo amavano. Lui non c'entrava nulla con Firenze!

I grilli cominciarono a farsi sentire.

Gli venne un nodo alla gola. Non se ne voleva andare da Vinci.

Sua madre... forse sua madre avrebbe convinto Ser Piero. Ma certo, che sciocco! Lei gli avrebbe detto che Leonardo doveva restarle vicino.

Corse verso Campo Zeppi e una volta arrivato grattò alla porta. Era il suo modo di farsi riconoscere da Caterina, che uscì con una candela in mano.

«Lionardo. Che fai qui a quest'ora?».

Il ragazzino con voce rotta le raccontò il progetto del padre.

«Io non voglio andare. Tu glielo devi dire che devo restare qui con te».

La cinse ai fianchi nascondendole il viso sul seno.

Ma lei lo allontanò fermamente da sé e lo guardò negli occhi azzurri, così simili ai suoi.

«Gli devo dire cosa, Lionardo? Che vuoi restare qui a fare il bovaro e a spalare letame? O a fare il fornaciaio come l'Accattabriga, che la sera m'arriva a casa così strutto che non sa nemmen come si chiama? No. Tu devi andare dove dice il tuo signor padre. E poche storie».

«Ma io non me ne voglio andare».

«E allora qui da me non ci devi più tornare».

E senza aggiungere altro, si voltò e rientrò in casa, chiudendosi la porta alle spalle col paletto.

Leonardo sentì le lacrime che gli scendevano senza più argini.

Nemmeno lei lo voleva. Nessuno allora lo amava e desiderava tenerlo con sé?

Rimase a lungo a singhiozzare davanti alla porta chiusa. Poi, lentamente, riprese la strada del ritorno.

Seduta sulla panca di pietra davanti a casa, una figura scura lo aspettava nel buio.

«Domani vengo anch'io a Firenze con te. E dopo la giostra ti riporto a Vinci».

La voce di Francesco era decisa.

Leonardo gli si buttò contro e lo zio lo abbracciò stretto.

# SULLA STRADA PER FIRENZE

Il mattino seguente partirono all'alba. Il calesse sobbalzava sulla strada sassosa.

Ci sarebbero volute parecchie ore per percorrere i quaranta chilometri che separavano Vinci da Firenze.

Quando furono in vista dell'Arno si fermarono per far riposare il cavallo e aprirono il fagotto delle provviste che nonna Lucia aveva preparato.

Leonardo, seduto in disparte, confrontò incuriosito i tratti del padre e dello zio che mangiavano pane e olive seduti vicini. Alto e robusto Francesco, piccolo e magro suo padre. Non sarebbero neppure sembrati fratelli, se non per certi gesti che facevano uguali, come pulirsi la bocca col dorso della mano o il modo simile di buttare la testa indietro quando ridevano.

Seguirono il fiume lungo il fondovalle e il trotto regolare del cavallo conciliò il sonno al ragazzo, che si addormentò steso sul fondo del calesse. Fu svegliato dal vociare dei contadini fermi alla dogana di Porta San Frediano. Si guardò attorno stranito. Erano in coda dietro a una lunga sequela di birocci e di carriole piene di verdure, di polli, di mercanzie che aspettavano di pagare il dazio prima di entrare a Firenze. Olio che arrivava dalle colline senesi, piselli e cavoli di Scandicci, pastori con gli agnelli del Casentino, contadini con i vitelli della Val di Chiana, pescatori con ceste piene di lucci appena pescati nel lago di Chiusi.

Abituato alla tranquillità del paese, Leonardo guardava affascinato il brulichio di gente che si accalcava per entrare in città e ritrovarsi al Mercato Vecchio. I richiami da un carro all'altro, con un accento già diverso dal suo, la sicurezza con la quale ognuno si muoveva per strada, come se avesse cose importantissime da fare, lo affascinavano. Il grande torneo con sfilata organizzato dai Medici aveva attirato la gente dalle campagne e il calesse si muoveva a fatica fra banchi improvvisati ai lati della strada che vendevano ogni genere di mercanzia.

Passarono il Ponte alla Carraia, attraversarono il Borgo di Ognissanti fino alla via della Prestanza, dove il padre abitava.

Ser Piero si fermò sospirando sulla soglia. Albiera era morta e lui esitava a tornare in quella casa in cui aveva sperato di vivere felice. Leonardo istintivamente si avvicinò e infilò la mano in quella dell'uomo, che gliela strinse riconoscente. Un servo venne ad aprire il portone per far entrare il calesse nell'androne.

«Su, che oggi c'è festa a Firenze! Vedrai che ti piacerà» il padre riprese il suo tono autorevole.

Quando al tramonto uscirono di casa, le strade erano piene di luci. Torce accese e drappi stesi in tutte le finestre. Le donne affacciate ai balconi si sbracciavano e scambiavano lazzi con chi passava per strada. Leonardo camminava col naso all'aria, incantato.

«Biondino, guarda dove tu metti i piedi!» gli brontolavano le persone contro cui andava a sbattere.

Non capì quasi nulla del torneo che si svolse a Santa Croce. La folla era così fitta che praticamente creava un muro invalicabile. Lo zio lo issò sulle sue spalle perché potesse almeno vedere i due cavalieri col viso coperto dalla celata dell'elmo, che si trovavano ai lati opposti della piazza. Le lunghe aste colorate erano già puntate verso l'avversario. I cavalli, coperti da un drappo, soffiavano impazienti dalle froge e la gente incitava al combattimento i due contendenti.

«Alé! Alé! Alé!».

Ma quando partirono al galoppo, non ebbe il coraggio di guardare e chiuse gli occhi. Sentì lo schianto delle armi che cozzavano fra di loro e li riaprì solo quando il lungo "Ohhhh!" della folla sottolineò la fine dello scontro. Uno dei due cavalieri era a terra, immobile, mentre il vincitore alzava la lunga picca verso il palco d'onore. Il cavaliere battuto fu aiutato a rialzarsi e uscì zoppicando, seguito dal cavallo tenuto da uno scudiero.

Ser Piero rientrò a casa, mentre Leonardo fu trascinato dallo zio al ballo del Mercato, dove il popolino di Firenze festeggiava a modo suo la giostra dei signori.

Leonardo guardò ridendo Francesco, coinvolto nella danza da una specie di gigantessa ubriaca che se lo sbaciucchiava malgrado le allegre proteste dell'uomo.

Il grande spiazzo era pieno di bancarelle in cui si vendeva di tutto. Focacce, cartocci di olive, spianate di farina di ceci e, soprattutto, vino.

Lo zio volle che anche il ragazzo ne bevesse. Ma lui non era abituato e dopo il terzo bicchiere le case cominciarono ad avvicinarsi pericolosamente sopra la sua testa, mentre gli veniva un gran caldo.

«Mi... mi sento strano!» biascicò.

«Ma che omo sei!» lo canzonò Francesco. «Inciuccarsi con un bicchiere! Ho capito, si torna a casa!».

Si caricò il nipote in spalla come un sacco di patate e lo portò a dormire.

Quando si risvegliò il mattino seguente, Leonardo si guardò attorno spaesato.

Dove si trovava? E perché si sentiva come se gli avessero dato una martellata in testa? Com'era finito dentro in quella stanza sconosciuta?

Il padre entrò.

«Era ora! Se non ti sbrighi a vestirti ci perdiamo la parte più bella della festa. Si va a vedere i leoni».

«Leoni... veri?» il ragazzino sgranò gli occhi saltando giù dal letto.

«Ma certo. Sono mantenuti a spese della Repubblica di Firenze, perché sono il simbolo della città assieme al giglio e alla croce dello stemma».

Leonardo annuì mentre cacciava in fretta la camicia dentro le brache. Ma il padre lo fermò.

«Non indossare il vestito vecchio. Te ne ho messo uno nuovo sulla sedia. Qui a Firenze devi fare bella figura».

Uscì lasciandolo alle prese con gli indumenti sconosciuti.

Leonardo guardò intimorito le calzebrache di due colori, il sospensorio di cuoio, il corto farsetto. A Vinci, anche per le feste più importanti, aveva sempre e solo indossato i vestiti che gli cuciva la nonna.

Per paura che entrasse qualcuno si denudò rapidamente e indossò le corte mutande legandole con il cordoncino. Gli andavano bene.

Anche la camicia di lino dalle ampie maniche era della sua misura.

Si trovò più impacciato quando si trattò di sistemare la calzabraca.

«Accidenti... e questa come faccio a farla stare su?».

Dietro di lui scoppiò una risata. Era zio Francesco che, entrato di soppiatto, aveva assistito alle ultime fasi della vestizione senza farsene accorgere.

«Vieni, ti aiuto io».

Mostrò al nipote come far entrare le punte del farsetto nelle asole delle calzabrache e chiuderle con un fiocchetto.

«Mi prudono le gambe!».

«È la lana che pizzica. Ti ci abituerai. Mettiti il sospensorio. Sei un uomo, ormai».

Imbarazzato, Leonardo si legò il triangolo di cuoio sul basso ventre e indossò i calzari a punta che aveva trovato sotto la panchetta. Anche quelli gli andavano bene.

Francesco gli mise uno zuccotto rosso in testa e lo osservò criticamente.

«Adesso sembri davvero uno di città. Tuo padre sarà contento».

Leonardo si guardò nello specchio e quasi non si riconobbe. Lo zio aveva ragione. Il giorno precedente aveva visto in giro un sacco di ragazzi vestiti come lui. Evidentemente era la moda del momento. Si tolse il berretto.

«Io non voglio essere come tutti».

Il padre mise la testa dentro e approvò con un cenno.

«Ora sì che vai bene! Vogliamo andare?».

Si diressero verso Piazza della Signoria che, chiusa da ogni lato e riempita di sabbia rossiccia, era stata trasformata in arena.

I leoni erano già stati liberati e gli scudieri stavano introducendo anche due cavalli, alcuni lupi e un orso selvatico. Poi fecero entrare un animale mai visto: giallo pezzato di marrone con un collo incredibilmente lungo. Gli spettatori si misero a ridere indicando la strana bestia.

«È una giraffa» lo informò il padre «l'hanno portata dalle Afriche con la nave fino alla marina di Pisa».

La gente cominciò a gridare e a incitare gli animali perché combattessero fra di loro. Ma, evidentemente, la Repubblica di Firenze nutriva fin troppo generosamente i suoi leoni, perché non solo non accennarono a combattere, ma uno di loro si sdraiò sbadigliando sulla sabbia.

«Buuuu!» gli urlava il pubblico. «Icche t'hai mangiato? Le palle dello stemma dei Medici? Combatti, vigliacco!».

Il cuore della festa però, fu la parata che sfilò per la Via Larga.

Aprivano la marcia i musici seguiti dai cavalieri con lo stendardo dei Medici. E dietro di loro un giovane di nemmeno quindici anni, cavalcava fieramente un bellissimo cavallo bianco. Il ragazzo indossava una tunica rossa e bianca e un copricapo nero su cui brillava una spilla di rubini e diamanti.

Leonardo spalancò gli occhi per la meraviglia.

«Quello è Lorenzo de' Medici» gli sussurrò il padre. «Vedi? Sulle spalle ha una sciarpa col suo motto ricamato "le temp revient"».

«E che vuol dire?».

«È francese. Vuol dire "Il tempo ritorna". Sì, insomma la rinascita... il "rinascimento"».

Zio Francesco era più interessato agli aspetti concreti.

«È vero che tutto il vestito e la bardatura del cavallo sono costati 10.000 fiorini?».

«Verissimo, confermò Ser Piero. Ho visto i conti».

«Con quei soldi a Vinci ci si comprerebbe tutti i poderi dei vicini, mucche comprese!» calcolò impressionato.

Si misero dietro al corteo che arrivò fino a Palazzo Medici. I cortili e i giardini erano stati aperti al popolino per l'occasione.

Assieme a Ser Piero salì al primo piano del palazzo e si guardò attorno intimidito. Mentre il padre presentava lo zio ad alcuni notabili, Leonardo si intrufolò dentro la porticina di una cappella. Si guardò attorno nella penombra e rimase senza fiato. L'affresco sulla parete sembrava la copia della magnifica parata che aveva appena veduto passare per strada. Sopra un superbo cavallo bianco, un giovane cavaliere guidava il lungo corteo che si snodava lungo una montagna rocciosa. L'atmosfera dell'affresco, in contrasto con la magnificenza dei costumi, era così limpida e spirituale che il ragazzo sentì un groppo in gola. Non aveva mai veduto nulla di simile. Gli unici dipinti che aveva mai visto da vicino erano quelli della chiesa di Vinci. Qualche volta lo zio lo aveva portato anche al duomo di Empoli, ma niente di così pieno di grazia e di forza gli era mai apparso sotto gli occhi. Si sedette sulla panca e rimase immobile.

A guardare e guardare e guardare. A riempirsi gli occhi di quella meraviglia.

Non si accorse del tempo che passava. A un tratto sentì una mano sulla spalla.

«Figliolo, ti chiami Leonardo, per caso?».

Si voltò con un soprassalto, come uscendo da un incantesimo.

Era un frate francescano che gli ripeté la domanda.

«Sei Leonardo, il figlio di Ser Piero il notaro?».

Lui annuì confuso.

«Tuo padre ti sta cercando dappertutto da ore. È meglio che corri da lui. L'hai fatto stare in pena un bel po'».

Ma il ragazzo non riusciva a staccarsi dall'affresco.

«Chi ha dipinto questo?».

Il frate sorrise.

«Magnifico vero? È la "Cavalcata dei Magi". L'ha dipinto Benozzo Gozzoli qualche anno fa. È quello lì».

E indicò, fra i tanti visi rappresentati sul muro, quello di un uomo con un berretto rosso. Leonardo lo fissò incredulo.

«Quella è la faccia del pittore? Proprio quello che guarda verso di me?».

«Proprio quello. Lo ha anche scritto sul suo cappello, vedi? "Benotii fecit"».

Rimase a bocca aperta dallo stupore. Non aveva mai immaginato che un pittore potesse mettere se stesso in un dipinto.

«E quel cavaliere sul cavallo bianco è Lorenzo de' Medici?».

«Gli somiglia, vero? Ma non è lui. Ser Lorenzo aveva solo dieci anni quando Benozzo ha dipinto questo affresco. No, Lorenzo è rappresentato qui».

E gli indicò il viso di un ragazzino del corteo nel quale lui riconobbe la linea del naso un po' storto del giovane Medici.

«Quello dipinto vicino a lui è Giuliano, suo fratello e attorno c'è la sua famiglia. Ma adesso devi andare e io devo chiudere la cappella».

Il frate lo prese con garbo per la manica e lo accompagnò fino al cortile.

Zio Francesco quando lo vide arrivare lo acchiappò per un orecchio.

«Disgraziato! Dove ti eri ficcato? Sono ore che ti cerchiamo! Tuo padre sta setacciando tutte le strade che portano verso casa. Adesso lo senti quando ti vede!».

Ma il frate si intromise.

«Il ragazzo si era incantato davanti all'affresco dei magi nella nostra cappella. Forse la grazia lo ha illuminato. È la luce del Signore... non lo dovete sgridare».

«Ma quale luce! Mi scusi padre, ma questo si incanta tutte le volte che vede una crosta dipinta!».

Leonardo gli sorrise ancora trasognato.

«Zio, era davvero il paradiso».

Ma Francesco lo prese per il colletto e lo spinse davanti a sé.

«Te lo do io il paradiso! A casa! E di corsa!».

# LA BOTTEGA

«Vedrai, ti piacerà. Il Verrocchio è mio amico. Se i tuoi disegni sono buoni come sembrano a me, ti prenderà a bottega. E quando sarai diventato bravo, potrai iscriverti alla confraternita dei pittori».

Leonardo seguiva il padre in silenzio.

«Non è lontano, dobbiamo arrivare al Canto delle Stinche».

Ser Piero cercò di far capire al figlio che gli stava offrendo una grande occasione, ma lui non rispose. Dopo l'affresco che aveva visto il giorno precedente pensava che i suoi disegnucci non avrebbero certo impressionato l'amico del padre. Lo avrebbero rimandato a Vinci, senza nemmeno bisogno di discutere. Camminava a qualche passo di distanza osservando incuriosito gli artigiani che via via aprivano le porte e portavano in strada la loro mercanzia.

Sedie, tessuti, finimenti per cavalli, calzari, cesti di paglia, pentole, pitali...

«Calzari per le sette leghe!».

«Seggiole! Seggiole per tutti i sederi!».

«Donne! Alle pentole ci pensiamo noi e ai coperchi ci pensa il diavolo!».

Ognuno aveva un richiamo, il più strano e fantasioso possibile, per attirare l'attenzione dei passanti e invogliarli a entrare e fare acquisti.

«Da Andrea del Verrocchio potrai scegliere se diventare orafo, scultore, pittore...» Ser Piero continuava a parlare «avrai un mestiere, insomma. Lui tiene solo lavoranti bravi».

Finalmente arrivarono alla bottega e Leonardo si fermò sulla porta, mentre il padre entrava spedito a cercare "il maestro".

Nel grande stanzone c'erano cinque o sei allievi di età diversa che lavoravano.

Chi pestava colori nel mortaio, chi modellava

creta sul tornio, chi rifiniva a pennello uno stendardo e chi, con un punteruolo, praticava dei piccoli buchi nella carta, seguendo la linea di un grande disegno. Appoggiate a terra c'erano cornici di tutte le misure e sopra un tavolone una grande quantità di pennelli e arnesi stavano dentro vasi di coccio. Un altro aiutante sbozzava un busto di marmo in un angolo e un altro ancora soffiava nel fuoco con un mantice. Sembravano tutti molto indaffarati.

Un giovane stava levigando con una spatola il fondo di una grande tavola di legno pitturata a biacca, mentre un uomo corpulento, con un lungo grembiale grigio, seguiva criticamente l'operato.

«Oh Ghirlandaio, guarda che quella non l'è la guancia d'una donna! L'è una pala d'altare! Mettici più energia, altrimenti qui si fa notte! Entro questa sera l'ha da esser levigata come un ovo!».

Il "Ghirlandaio" annuì e si mise a lavorare con più lena, mentre l'uomo, asciugandosi le mani nel grembiale, si accorse del loro arrivo e si fece incontro sollecito al padre di Leonardo.

«Amico mio, ho saputo dell'Albiera e di tuo figlio! Mi dispiace tanto. Che posso fare per te?».

Ser Piero trasse dalla bisaccia un rotolo di disegni e lo appoggiò sul bancone di legno.

«Grazie Andrea, ma non mi serve nulla. Mi devi solo dire sinceramente come ti sembrano questi disegni e se se ne può cavare qualche cosa».

Il Verrocchio tolse il cordoncino e aprì il rotolo.

Leonardo si stupì. Non si era accorto che il padre li avesse presi con sé da Vinci. C'erano i suoi studi sulle ali dei pipistrelli, le caricature di Padre Bartolomeo, il muso di un cavallo e il viso di Caterina.

Il Verrocchio li guardò con occhio critico.

«Sono buoni. Molto buoni. Che ci vuoi fare? Li vuoi vendere? Sono solo schizzi e non è facile piazzarli ma, magari, se me li lasci, con calma, posso trovare qualcuno che...».

Ser Piero rise.

«No, no, non li voglio vendere! Volevo solo che tu mi dicessi se c'era del buono o no. Li ha fatti Leonardo, mio figlio».

E con un gesto della mano gli fece segno di avvicinarsi.

Il Verrocchio guardò incredulo il ragazzino dai profondi occhi azzurri e dai lunghi ricci biondi che ancora non si era deciso a entrare.

«Lui? Mi stai dicendo che li ha fatti lui? Ma… avrà dieci anni! È impossibile!».

Leonardo si sentì piccato. Sembrare più piccolo della sua età era il suo cruccio.

Raddrizzò le spalle come per aumentarsi la statura e si avvicinò. In quanto ai disegni, nessuno doveva mettere in dubbio che fossero farina del suo sacco.

«Ne ho dodici di anni. E i disegni sono i miei».

I lavoranti avevano interrotto il lavoro e si erano avvicinati al bancone, studiando gli schizzi. I lazzi volarono.

«Ehi Agnolo, questo novellino ti fa le scarpe! Tu disegni dei cavalli che sembrano buoi!».

«Non dargli retta, ricciolino! Lorenzo di Credi non sa nemmeno da che parte si tiene i' pennello!».

«Senti chi parla! Tu Perugino col pennello ti ci fai solo la barba!».

Il Verrocchio si avvicinò a Leonardo e lo scrutò negli occhi seriamente.

«Dimmi la verità, ragazzo, dove hai copiato questi disegni?».

Lui si accigliò.

«Copiato? Ho disegnato quello che vedevo intorno! Questo è il cavallo di mio padre, questo è Padre Bartolomeo e questa è mia... la Caterina».

Ser Piero, in disparte, si godeva la scena. Per la prima volta si sentiva orgoglioso di suo figlio.

Leonardo non aggiunse parola. Estrasse il taccuino dalla bisaccia e si sedette, frugandosi nelle tasche per cercare un carboncino. Fissò un attimo Andrea del Verrocchio impalato davanti a lui, poi abbassò la testa e si mise a disegnare.

Un minuto dopo voltò il taccuino verso il pittore che guardò a bocca aperta la sua caricatura.

Una fragorosa risata dei garzoni accolse il risultato.

Leonardo, con pochi tratti, aveva evidenziato il viso tondo dalle guance leggermente cascanti, le sopracciglia dall'espressione meravigliata, le labbra sottili e i capelli riccioluti che sbucavano scomposti dal berretto da lavoro dell'uomo.

«Maestro, ti ha fatto un ritratto sputato!».

«No! Ti ha fatto molto più bellino!».

«Un principino!».

Il Verrocchio si riprese.

«Basta adesso, non è mica festa. L'è un giorno di lavoro!».

Leonardo aspettava serio il responso.

L'uomo sorrise.

«Sei bravo. Non avevo creduto che fossero davvero tuoi quei disegni».

Ser Piero si avvicinò.

«Allora Andrea, me lo prendi a bottega?».

Il Verrocchio si tolse il berretto, si grattò la testa guardandosi attorno. I lavoranti si erano rimessi all'opera e la bottega era tornata in movimento.

«E come faccio? Non saprei che fargli fare ora. E il tuo Leonardo l'è bravo ma l'è piccino. Senti Piero, si fa così. Me lo riporti quando avrà compiuto tredici o quattordici anni. E allora ti prometto che te lo prendo. Tu mi paghi tre lire al mese e io gli garantisco vitto e alloggio».

Si voltò scherzosamente verso Leonardo.

«E tu devi mangiare un bel po' di zuppe. Il nostro non è un lavoro per signorini, l'è un lavoro pesante. Bisogna saper disegnare ma avere anche muscoli, energia. Essere robusti. Nel frattempo tu t'alleni e continui a disegnare. Promesso?».

Allungò la sua grossa mano verso il ragazzo che la guardò un attimo prima di stringerla con la sua, esile e bianca. Il Verrocchio rise guardandosi il palmo calloso.

«Che ti dicevo? Con queste mani si fonde il bronzo, si scolpisce il marmo, si pestano i colori... così l'è la mano di un artista!».

Quando uscirono dalla bottega, Leonardo era in parte contento e in parte deluso.

Contento di poter tornare a Vinci, certo. Ma l'atmosfera di quello stanzone pieno di attività, di materiali diversi, di odori nuovi, gli aveva dato un fremito mai provato prima. Gli era piaciuta la franchezza del Verrocchio e l'aria scanzonata dei ragazzi che ci lavoravano. Abituato a stare solo, era rimasto colpito dal modo diretto che gli allievi avevano di scherzare fra loro.

Cercò conferme dal padre.

«Davvero gli sono piaciuti i miei disegni?».

Ser Piero sorrise.

«Il Verrocchio è uno che non fa sconti a nessuno. Se ha detto che gli sono piaciuti, vuol dire che è vero. Ma ha ragione lui. Devi mangiarne di zuppe se vuoi andare a bottega! Vieni, si comincia subito. Qui fanno la zuppa di ceci migliore di Firenze».

E lo trascinò dentro una taverna.

# I SOGNI CHE PORTANO LONTANO

L'inverno a Vinci quell'anno non risparmiò nulla. La neve cadde così abbondante che Leonardo un mattino dovette uscire dalla finestra della cucina per liberare la porta di casa e permettere alla nonna di uscire e andare alla messa.

Gli piaceva la neve. Faceva sembrare tutto pulito e nuovo, come un grande foglio bianco in cui ogni cosa poteva essere scritta e disegnata. E zio Francesco aveva costruito una tavola di legno con la quale ci si poteva lasciar scivolare a testa in giù lungo la collina urlando come pazzi per la paura.

Solo gli adulti brontolavano per la neve che cadeva. Per i bambini era una pacchia.

La nonna aveva cucito per Leonardo certe calosce di pecora rovesciata con le quali si poteva camminare nella neve senza bagnarsi i piedi e lui le usava per andare a Campo Zeppi a trovare la madre. Con le sorellastre faceva accanite gare di palle di neve e tornava a casa con gli abiti zuppi, che poi si toglieva e metteva ad asciugare sulla panca davanti al fuoco, fra le rimostranze di nonna Lucia.

Durante le interminabili serate invernali si sedeva di fianco al camino e disegnava.

Non aveva dimenticato che il Verrocchio gli aveva detto di continuare ad allenarsi.

Lo zio, che ormai si era rassegnato al fatto che il nipote sarebbe andato a bottega a Firenze, ogni volta che andava a Empoli gli portava fogli grandi e certi bastoncini che lasciavano un bellissimo segno rosso sul foglio. Se poi si sfregava il segno col dito bagnato di saliva, venivano anche le sfumature.

«La chiamano "sanguigna"» gli aveva detto Francesco «perché ha il colore del sangue».

Con quella Leonardo ci faceva i ritratti… anche se lui col sangue non ci andava per niente d'accordo. O almeno, non ci andava più d'accordo da quando aveva visto un maiale fuggire via dalle mani del norcino, già col coltello piantato nella gola.

Vedere quell'animale che sanguinava sulla neve e correva via grugnendo di dolore fra le risate degli uomini che cercavano di afferrarlo per ucciderlo, lo aveva atterrito. Quel sangue così vivo, così rosso, così pulsante, che anche quando il maiale era stato ripreso e squartato continuava ad uscire a fiotti, come se il cuore si rifiutasse di smettere di battere, lo aveva riempito di pietà. E lo sguardo della bestia morente, che aveva colto con una comprensione della propria fine, lo aveva così sconvolto che da quel giorno non aveva più voluto mangiare carne.

Ma la "sanguigna" per disegnare era diversa. Rendeva l'incarnato di un viso in modo così delicato e realistico che Leonardo non l'aveva più abbandonata. Aveva anche imparato a costruirseli quei bastoncini pastosi. Andava a raschiare la ruggine dai vecchi strumenti agricoli abbandonati e la mescolava con la resina degli alberi di acacia.

Che il Natale stava arrivando se ne era accorto dai preparativi che nonna Lucia aveva cominciato a fare quindici giorni prima. Quella volta voleva superare se stessa nel preparare la cena della vigilia. Ser Piero sarebbe venuto con la nuova moglie che ancora non avevano conosciuto e lei ci teneva particolarmente a fare bella figura.

Mentre preparava i dolci parlottava col marito, pensando di non essere ascoltata.

«Povero i' mi' figliolo. Speriamo che questa Francesca gli possa dar dei cittini. Non come l'Albiera che l'era secca secca e deboluccia. Questa l'ha quindici anni e Piero ha detto che l'è forte e sana. Speriamo».

Leonardo era perplesso.

«Ma devo chiamare signora madre anche questa?» chiese allo zio. «Ha solo due anni più di me».

Anche Francesco era incerto. Le famose zuppe che il Verrocchio aveva consigliato di mangiare avevano ottenuto il loro scopo e il ragazzo in pochi mesi era diventato alto quasi quanto lui. Anche la voce era cambiata e aveva i toni ora bassi e ora acuti di tutti gli adolescenti. Leonardo si vergognava un po' della sua nuova voce. Il canto, che prima gli usciva limpido a voce spiegata, ogni tanto si spezzava nei toni gravi del suo diventare uomo.

Finalmente Ser Piero e sua moglie Francesca arrivarono. Lui studiò la giovane donna che il padre aiutava a scendere dal calesse. Dimostrava più dei suoi anni. Sotto il mantello si intuiva un seno rigoglioso. Anche i capelli neri, divisi da una scriminatura diritta e raccolti in una retina, la facevano sembrare più grande. Le guance rosse per il freddo splendevano di salute. Non era bella ma, come diceva la nonna, "sana l'è sana". E tanto bastava.

Si fece avanti.

«Francesca, lui è Leonardo, mio figlio. Saluta la tua signora madre, figliolo».

Il ragazzino lanciò uno sguardo ironico allo zio prima di inchinarsi goffamente davanti alla ragazza che era più bassa di lui.

"Signora madre". Sciolto il dubbio.

Più tardi, si sentì tirare in disparte per una manica. Era Francesca.

«Senti» cincischiò la ragazza «non mi devi chiamare per forza "signora madre". Sì, insomma... anche per me è strano avere un figliolo grande come te! Si può fare che tu mi chiami come vuole tuo padre quando c'è lui, così, per compiacerlo. E quando lui non c'è mi puoi chiamare Francesca. Va bene?».

Annuì sollevato.

La cena della vigilia fu allegra. La giovane era di buon appetito e con grande soddisfazione della nonna, fece onore a tutto il cibo che venne messo in tavola.

Il padre e il nonno parlavano di denaro, come sempre.

«Piero, nella dichiarazione dei beni del prossimo anno metto Leonardo ancora a carico mio, ti va bene? Così paghiamo meno tasse. Tanto lui, prima del prossimo anno a Firenze 'un ci viene, giusto?».

«Giusto». Il padre bevve un bicchiere di vino. «Ho riparlato con Andrea del Verrocchio e m'ha detto che lo può prendere a bottega alla fine del prossimo anno».

Con le guance rubizze per il troppo vino bevuto si rivolse ammiccando al figlio.

«Il prossimo l'è l'anno che si diventa omini per davvero, Leonardo! Però, per allora, ti devono crescere anche i peli!».

E sghignazzando gli diede una pacca sulla schiena. Lui abbassò lo sguardo imbarazzato. Malgrado fosse cresciuto di statura e la voce fosse cambiata, il suo viso era ancora liscio come quello di una ragazza.

# COSA C'È DENTRO LE COSE

L'estate del 1465 portò siccità e il nonno e lo zio erano preoccupati per il raccolto.

Leonardo seguiva Francesco nelle lunghe esplorazioni dei campi. Le foglie dei gelsi, senz'acqua, ingiallivano prima del tempo e l'uomo studiava le foglie accartocciate che gli rimanevano in mano.

Il ragazzo camminava dietro di lui e non la smetteva un momento di parlare e proporre le sue idee strampalate.

«Si potrebbe fare una diga gigante nel fiume e poi scavare un canaletto che arriva fino ai gelsi... e...».

«Ma certo, così quando piove si allagano i campi e abbiamo finito di campare!».

Il tono di Francesco era paziente. Era abituato alle idee pazze del nipote.

«E allora costruiamo una bella porta tutta di ferro. La mettiamo in mezzo al fiume. Quando piove poco la chiudiamo e fermiamo l'acqua. E quando piove troppo la apriamo e l'acqua se ne va tranquilla, senza allagare i campi».

«Come no, e per aprire la tua porta di ferro in mezzo al fiume prendiamo a servizio due giganti!» lo sfotté l'uomo.

Ma Leonardo non mollava la presa e continuava a macinare idee rincorrendo lo zio lungo la fila dei gelsi.

«Per aprirla potremmo costruire un arcolaio di ferro grosso grosso a pedale come quello che usa la nonna per filare la lana, agganciarci delle catene, attaccarle alla porta di ferro e poi quando serve...».

«Leonardo, basta!». Il tono dell'uomo era esasperato. «Mi stai rintontendo di chiacchiere!».

«Ma io ho studiato l'acqua del fiume e ho visto che se la mettiamo prima del salto che fa alle cascatelle...».

Lo zio si voltò con le mani sui fianchi.

«Guarda che se pensi di rimetterti nei guai come hai fatto quando volevi camminare sott'acqua io non ti vengo più a salvare!».

«Che c'entra!» brontolò «quella volta era un esperimento!».

Francesco si riferiva alla brutta avventura successa durante i primi bagni dell'estate. Leonardo si era messo in testa di attraversare il fiume camminando sul fondo.

«Con una canna in bocca si respira. L'unico problema è che non si riesce a restare con i piedi sul fondo perché l'acqua ti porta su. Scommetti che se mi metto dei sassi nelle tasche riesco a passare dall'altra parte camminando?».

Quella volta, stupidamente, lo zio si era fatto prendere dal gioco e aveva guardato il nipote riempire di sassi pesanti due bisacce che si era messo incrociate a tracolla prima di entrare nell'acqua.

«Tu conta fino a 30 e mi rivedi sbucare dall'altra parte».

Francesco, sdraiato pigramente sulla riva, aveva cominciato a contare. Vedeva la sottile canna attraverso la quale il ragazzino respirava, avanzare lentamente verso il centro del fiume. Ma arrivato a 30, di Leonardo non c'era ancora traccia e anche la canna era sparita. L'uomo si alzò guardando preoccupato l'acqua del fiume che in quel punto creava una pozza profonda.

«35… 36…».

Arrivato a 40, non se la sentì di aspettare oltre. Si levò rapidamente le scarpe e si tuffò, vestito com'era.

Recuperò il nipote mezzo annegato e lo portò a riva.

«Accidenti a te e ai tuoi esperimenti! Che paura mi hai fatto prendere! Ma il grullo sono io che ti vengo dietro!».

Francesco si era messo a inveire forte per lo spavento, mentre Leonardo tossiva e sputava tutta l'acqua che aveva bevuto.

Ma non appena si riprese, ebbe il coraggio di insistere.

«Eppure, secondo me ci si può fare a camminare sul fondo. Ma ci vorrebbe una bolla d'aria attorno alla testa e un budello per respirare! Basterebbe solo avere una bella maschera con gli occhi di vetro per guardare dove si mettono i piedi!».

Più tardi, sdraiati all'ombra di un olmo, le parole vennero fuori a poco a poco. Leonardo aveva paura di deludere il padre.

«Io non so cosa voglio fare da grande. Non so se voglio fare il pittore».

«Tu disegni bene» il tono dello zio era convinto.

« Sì, ma mi piace anche suonare e cantare...».

«Quello non è un mestiere!».

«Mi piace guardare come sono fatte le cose, scoprire cosa c'è dentro, smontarle...».

«Neanche quello è un mestiere».

«E se quando vado a Firenze non sono bravo abbastanza a dipingere?».

«E se... e se... con i se e con i ma non si riempie la pancia. Tu prova e poi si vede. Al massimo torni a Vinci e mi aiuti in campagna».

«Promesso?».

«Promesso».

Alla fine dell'anno, Ser Piero venne a prendere Leonardo. Il Verrocchio si era finalmente deciso a farne un allievo della sua bottega.

Nonna Lucia gli preparò un piccolo baule con dentro il ricambio delle camicie, delle brache, delle calze.

Mentre facevano gli ultimi preparativi, il ragazzo corse a Campo Zeppi a salutare Caterina. La trovò in cucina che impastava il pane.

Legata al tavolo per un piede c'era Elisabetta che gli zampettò incontro per quanto le permetteva la lunghezza della corda.

Leonardo la slegò e se la mise cavalcioni sulle spalle. La bambina ridendo gli si attaccò ai ricci.

«Allora, parti oggi col tuo signor padre?» chiese Caterina senza smettere di impastare.

Lui annuì.

«Non so quando torno. Firenze è lontana».

«Quando torni, torni. Noi non ci si muove di qui».

«Non so se ce la faccio a stare lontano».

«Lionardo, non sei più un bambino. E poi, se diventi bravo a dipingere, guadagni un bel po' di denari».

«Così ti vengo a prendere e ti porto con me».

Caterina rise.

«Sì, sì, poi se ne parla! Vai adesso. Non far aspettare tuo padre».

Quando tornò, lo zio stava caricando il suo baule sul calesse.

Dopo mangiato erano pronti per partire. La nonna lo abbracciò forte.

«Non ti dimenticare le preghiere la sera eh? E lavati tutte le mattine!».

Il nonno segretamente gli mise in tasca due monete.

«Non le sprecare! Queste sono per riserva».

Zio Francesco fu l'ultimo a salutarlo. Col tono burbero, per non farsi prendere dall'emozione, gli fece la sua raccomandazione personale.

«Fagli vedere a quelli là di che stoffa siamo fatti noi di Vinci!».

Non si prese nemmeno la briga di spiegare chi fossero "quelli là". Era chiaro che si riferiva ai "cittadini" come lui chiamava tutti quelli che abitavano a Firenze.

«Nel baule ti ho messo un taccuino nuovo».

Leonardo l'abbracciò stretto e salì sul calesse accanto al padre.

Ser Piero tirò delicatamente le redini e il cavallo si avviò.

Lui rimase voltato indietro, fino a quando la strada non fece la curva in fondo alla valle. Le figure dei nonni e dello zio erano diventate piccole piccole.

Leonardo respirò a fondo l'aria limpida di dicembre e sorrise.

Scoprì che dentro di sé era contento di partire.

# Alla bottega del Verrocchio

La sera Leonardo dormì nella grande casa del padre. Veramente non dormì affatto, perché si rigirò nel letto tutta la notte.

A partire dai giorni seguenti avrebbe dormito dal Verrocchio, come gli altri allievi.

All'alba, già vestito, aspettò impaziente che suo padre si svegliasse per accompagnarlo alla bottega.

Quando arrivarono al Canto delle Stinche fece un respiro profondo per calmare l'agitazione. La sua nuova vita stava per cominciare.

Ma una volta entrati rimase deluso. Il maestro non si curò affatto di loro e continuò a parlare con un giovane non tanto alto, elegantemente vestito di nero, che parlava con una strana voce stridula. Indossava dei guanti tagliati sulle nocche per far vedere gli anelli. A Leonardo scappò un risolino.

Ser Piero gli diede una gomitata per richiamarlo all'ordine.

«Sei matto a ridere? Quello è Lorenzo de' Medici».

Lo guardò con occhi diversi e riconobbe in lui le sembianze del cavaliere che un anno prima apriva il maestoso corteo.

Gli allievi continuavano il proprio lavoro, cercando di capire, senza farsene accorgere, come andava la trattativa fra il Medici e il maestro. Le commissioni del giovane signore significavano denaro e lavoro e tutti cercavano di dare una immagine migliore possibile della bottega.

Assieme al giovane cavaliere c'era un ragazzino più piccolo, con i riccioli neri e la faccia da folletto che girellava toccando tutto.

«Quello è il fratello di Lorenzo» lo informò sottovoce il padre.

Il bambino sorrise a Leonardo e gli si avvicinò.

«Chi sei? Lavori qui anche tu?».

Deglutì imbarazzato.

«Mi chiamo Leonardo... sì, lavorerò qui. Spero».

«Io mi chiamo Giuliano. Ho undici anni e so già tirare con la balestra. E tu?».

«Io... io... so tirare con la fionda».

Giuliano rise, come se si trattasse di uno scherzo.

Il Verrocchio mostrò alcuni gonfaloni al Medici che li guardò con occhio critico.

«I miei devono essere più grandi. E ci voglio i gigli di Francia e il mio motto scritto in alto».

«Naturale, "Le temp revient". Ci penso io».

Quando i due furono usciti, tutto il daffare della bottega si fermò. Gli aiutanti smisero di fingere di lavorare e si affollarono attorno al Verrocchio.

«Allora? Che ha detto? Che si fa? Li fa fare a noi?».

Il maestro sorrise.

«Sì, sono dieci stendardi rifiniti in oro. Abbiamo il lavoro».

Finalmente si avvicinò al padre di Leonardo.

«Scusami Piero, ma gli affari sono affari. E da questo momento se c'è lavoro è meglio anche per tuo figlio».

Squadrò il ragazzo con apprezzamento.

«Vedo che sei cresciuto un bel po' dall'anno passato. Hai continuato a disegnare?».

Ser Piero rispose per lui.

«Non ha fatto altro. Vedrai che non ti deluderà».

Quando il padre se ne andò lasciandolo alla bottega, Leonardo si guardò attorno imbarazzato. Nessuno degli allievi si curò di lui, tornando alle proprie occupazioni.

«E ora?».

Ma il Verrocchio gli sorrise.

«Non ti preoccupare. Ora chiamo Tita che ti insegnerà come si preparano i colori. Titaaaaaa!».

Dalla scala di legno che collegava la bottega alla casa del maestro, scese una ragazzetta dal naso a patata e i riccioli neri che uscivano indisciplinati da una cuffietta legata sotto il mento.

Andrea le presentò il ragazzo.

«Tita, lui è Leonardo e ne dobbiamo fare un grande pittore. Perciò deve sapere tutto sui colori».

Il tono era scherzoso, ma Leonardo guardò perplesso la ragazzina. La sua maestra sarebbe stata una donna?

Tita rise.

«Non ti preoccupare. Io sono solo la sorella di Andrea. Lo aiuto a preparare i colori, quando non sono troppo occupata a preparare il mangiare per tutti! Vieni con me, si comincia subito».

Lo prese per mano e lo portò in un angolo della bottega. Sopra un lungo bancone c'erano ciotole di colori, pietre, mortai, boccette, pennelli.

«Allora» il tono di Tita diventò serio «cominciamo dagli azzurri».

Indicò col dito una pietra.

«L'azzurro si ricava dall'azzurrite che è quella pietra, che col tempo diventa verde. La si pesta nel mortaio e la si mescola con la biacca e con l'olio di lino che è dentro quella boccetta. Però con quell'azzurro si fanno solo gli stendardi o le cose di poca durata. Per i dipinti più preziosi si usano i lapislazzuli, che costano un sacco di denaro e quindi il dipinto deve essere prezioso, ma prezioso davvero... Mi stai ascoltando?».

Leonardo, un po' frastornato, fece di sì col capo.

«Per i rossi, si usa il vermiglione, oppure la

lacca di Chermes. Scommetto che non sai cos'è!» si interruppe.

Il ragazzo si rannuvolò. Lo stava prendendo in giro, forse? Che poteva mai saperne lui della lacca di Chermes!

«Anche quella è molto preziosa, perché viene dalle Indie e si ricava da un insetto che si chiama Cocciniglia».

Passò a indicare barattoli pieni di polveri dai colori che andavano dal giallo splendente al marrone più cupo.

«Questi sono il giallo ocra, giallo di stagno e il verdigris e quello è il giallo arsenico. E poi ci sono le terre. Terra di Siena e terra di Siena bruciata. Tutto chiaro?».

Leonardo orgogliosamente finse di aver capito tutto.

«Certo, non sono mica scemo. È tutto chiaro. E quello? Sembra oro».

Indicò una leggerissima lamina appoggiata in un angolo del tavolo.

«Quello "è" oro, carino. Ma si usa solo per fare le aureole ai santi. E adesso comincia a pestare».

«A... pestare?».

Tita lo fece sedere sullo sgabello e gli mise in mano un mortaio di marmo con un pestello. Gli consegnò una piccola pietra azzurra e sorrise.

«Pesta finché questa non diventa fine come se fosse farina, poi chiamami».

La giornata passò in fretta. Il ragazzo alla sera aveva l'abito e le mani di mille colori.

Tita lo guardò critica.

«Da domani è meglio che ti metti un grembiale, altrimenti i tuoi vestiti saranno da buttare. Te lo procuro io».

All'ora di cena servì la zuppa a tutti e poi si sedette vicino a Leonardo e scoprì che aveva solo un anno più di lui.

Evidentemente la ragazza lo aveva trovato simpatico perché gli confidò che il Verrocchio non si era mai sposato per prendersi cura dei fratelli più piccoli quando i genitori erano morti.

Sottovoce gli raccontò anche dei guai giudiziari avuti da Andrea quando era giovane.

«Durante un gioco, con una sassata ha ucciso un ragazzo e questo gli ha segnato l'anima» sospirò.

I lavoranti attorno a loro commentavano la visita di Lorenzo de' Medici. Anche se il loro lavoro dipendeva dal giovane signore, i pettegolezzi non mancarono.

Il Ghirlandaio ne imitò lo sguardo miope.

«Gli stendardi glieli facciamo belli grandi, visto che ci vede poco!».

«E visto che non ha olfatto, li si possono dipingere con cacca di cane invece che con terra di Siena, così si risparmia!» infierì Lorenzo di Credi.

«Li dipingi tu che te ne intendi!» la battuta del Perugino fece sghignazzare tutta la bottega.

Il Verrocchio si intromise.

«Vi vorrei proprio sentir dire codeste cavolate davanti a lui!».

Dalla soglia partì una voce.

«Chi è che ha parlato di cavolate? C'è un po' di zuppa di cavoli anche per me?».

Andrea sorrise al nuovo venuto e gli fece posto vicino a Leonardo.

«Per te una zuppa calda c'è sempre. Tita, fai posto al Botticelli. Sandro, lui l'è un allievo novo

novo. Si chiama Leonardo e viene da Vinci».

Il giovane si sedette e gustò qualche cucchiaiata della zuppa, che Tita gli aveva messo davanti, prima di parlare al ragazzo.

«Stai attento a queste canaglie» ammiccò guardando gli altri lavoranti seduti attorno al tavolo «altrimenti ti faranno fare i lavori peggiori mentre loro cercano di fare gli artisti!».

Agnolo di Polo gli tirò una buccia di pera.

«Non gli dar retta Leonardo, l'è il Botticelli che l'è un lavativo! È lui che non vuol mai preparare i colori e li fa preparare agli altri! Non ti far incantare dalle sue chiacchiere».

Finita la cena, mentre Tita raccoglieva le scodelle e i cucchiai, lo stanzone venne attrezzato per dormire.

Il Verrocchio gli portò un paglericcio riempito di foglie e una grossa coperta.

«Questa è bella calda, ma se hai freddo chiedi a Tita, lei te ne darà un'altra in aggiunta».

Mise una candela di sego sul tavolo.

«E non perdetevi troppo in chiacchiere voialtri, perché domani c'è da lavorare sodo».

Salì le scale dietro a Tita, mentre i garzoni si sistemavano per la notte.

Agnolo di Polo fece posto a Leonardo vicino a sé.

«Ti conviene dormire qui, che non ci sono spifferi».

«Tranne quelli delle scuregge di Agnolo!» sghignazzò il Ghirlandaio.

Si distese sul paglericcio arrotolandosi nella coperta.

«Perché Domenico lo chiamano "il Ghirlandaio"?» chiese sottovoce.

«Suo padre è un maestro nel fare le ghirlande che le ragazze si mettono sulla fronte durante le feste».

«E il Perugino? È perché viene da Perugia?».

«Veramente no, ma lo chiamano così lo stesso. Tu vuoi diventare pittore o scultore?».

La domanda lo colse di sorpresa. Non ci aveva pensato. Lui sapeva disegnare bene, ma vedere tutte le opere che venivano fatte in quella bottega gli aveva messo addosso la voglia di sperimentare qualunque cosa, di mettersi alla prova.

«Veramente... non lo so ancora. Mi piacerebbe imparare tutto. E tu?».

«Prima decidi meglio è. Io voglio diventare scultore». Il tono di Agnolo era deciso. «Adesso dormiamo, però. Domani dobbiamo cominciare gli stendardi».

Leonardo chiuse gli occhi, ma il sonno tardò a venire. Non aveva mai dormito in una casa estranea e nemmeno in mezzo ad altra gente. Ma non era una sensazione spiacevole. Anzi, gli piaceva.

"Prima decidi, meglio è", gli aveva detto Agnolo. Ma lui non sapeva davvero cosa voleva fare. Non ancora, almeno.

# IL RAMARRO-DRAGO

A poco a poco Leonardo si guadagnò il suo spazio fra gli apprendisti. Era allegro, di buon carattere, grande inventore di rime, scherzi, indovinelli e questo aiutava. Il fatto poi che sapesse suonare bene la lira e avesse una bella voce era molto apprezzato alla bottega. Aveva fatto amicizia con Agnolo di Polo e col Perugino che avevano più o meno la sua età e spesso uscivano assieme.

Ma non aveva ancora deciso la sua strada. Scultura? Bronzo? Pittura? Tutto lo affascinava, tutto gli piaceva e tutto provava, anche se la sua passione grande restava il disegno.

Visi, foglie, animali, mani, caricature trovavano posto nei taccuini che ormai aveva imparato a costruirsi da solo e senza i quali non si spostava mai.

Quando tornò a Vinci per Natale, aveva un sacco di cose da raccontare.

Lo zio, che non vedeva l'ora di ascoltare le chiacchiere del nipote, era il suo uditorio privilegiato.

«Vedi» si infervorava il ragazzo «per preparare una pala d'altare fatta con le assi di pioppo, prima devi dare strati su strati di gesso mescolati con la colla. E ogni strato lo devi lisciare con una lama affilata. Una noia che non finisce più!».

«Il lavoro è lavoro» fu il laconico commento di Francesco.

«È vero, ma quando ho lavorato un giorno intero per renderla liscia come un uovo, arriva il maestro, ci passa la mano sopra e brontola che è ancora ruvida come la barba di un vecchio!».

«E tu radigliela quella barba!».

Gli raccontò anche lo scherzo combinato al Ghirlandaio che aveva la brutta abitudine di andare a frugare fra la sua roba, per prendere i pennelli puliti quando si dimenticava di ripulire i suoi.

«Ho catturato un grosso ramarro, l'ho addomesticato e gli ho attaccato delle piccole ali e una cresta colorata. Dovevi vederlo: sembrava un drago! L'ho nascosto in una scatola e quando il Ghirlandaio è andato a prendere di nascosto i miei pennelli, il drago-ramarro è sbucato fuori e lui ha urlato come un pazzo! L'hanno preso in giro per giorni interi!».

Lo zio rise di cuore.

«Bravo! Fagli vedere a quelli là chi siamo noi di Vinci!».

Guardò orgoglioso il nipote. In quei pochi mesi si era alzato ancora di statura ed era diventato più forte. Adesso era un bel giovane e una leggera peluria bionda cominciava a spuntargli sul viso.

Leonardo cercò di passare più tempo che poteva dalla madre. La seguiva dalla cucina alla stalla senza smettere di chiacchierare, mentre la donna sbrigava le faccende.

«Sono diventato amico della sorella del Verrocchio. È gentile, sai? Mi ha tirato fuori dai

guai un sacco di volte, quando stavo sbagliando a preparare i colori».

«È perché tu sei bellino» commentò la madre sorridendo.

Il ragazzo si schermì.

«Ma no, è perché io l'aiuto a disegnare. Lei sarebbe bravissima, una vera artista, ma il Verrocchio quando la vede gironzolare troppo fra tele e colori, la rimanda in cucina. Lui non vuole che diventi pittrice».

«Le donne non possono fare quel mestiere» approvò la madre. «Non si è mai vista una donna pittrice».

«E invece secondo me dovrebbe lasciarla fare».

«Le donne devono sposarsi e fare figlioli».

«Quando mi ha chiesto come faccio a fare le caricature così velocemente, io le ho fatto vedere i miei nasi».

«I... tuoi nasi?».

Mostrò a Caterina il taccuino sul quale aveva disegnato una serie intera di nasi diversi.

«Ma certo. Per fare una caricatura, basta ricordarsi la forma del viso e quella del naso. Per esempio, Agnolo ha il naso a patata, Lorenzo di Credi ce l'ha a uncino e il Ghirlandaio ce l'ha diritto come… come… quello di un caprone».

«Ti sta antipatico quel Ghirlandaio eh?».

«Si dà troppe arie».

«E… come sono le dame di Firenze?».

La madre era curiosa. Lei non aveva mai lasciato il paese.

Leonardo le descrisse gli abiti e le acconciature con grande ricchezza di particolari.

«Le dame maritate portano le scarpe con la punta tonda che non deve sporgere dal vestito, mentre quelle da maritare possono portare quelle con la punta e mostrare anche la caviglia».

Caterina si guardò i piedi nudi, rossi per i geloni, dentro i grossi zoccoli e rise.

«Allora io sarei ancora da maritare! E i vestiti? Come sono i vestiti?».

«Le fanciulle possono mostrare il collo, mentre le donne sposate se lo devono coprire. Gli abiti hanno certe maniche strane, legate con i fiocchi al corpetto e gli sbuffi della camicia che escono fuori».

«Le hai osservate bene, eh?» lo canzonò lei.

«Per forza! Le ho disegnate per uno stendardo della bottega. Portano i capelli divisi con una riga in mezzo e a volte un laccetto sulla fronte e indossano certe cuffiette leggere leggere legate sotto il mento».

«Sono... belle?» chiese la donna quietamente.

«Così tutte vestite bene, sono molto belle... però nessuna è bella come te» concluse il ragazzo. «Perché con i denari son capaci tutte a figurare!».

Lei gli tirò affettuosamente il naso.

«A Firenze hai anche imparato a raccontare bugie, eh?».

Leonardo era contento che lei lo ascoltasse e pescava nella memoria tutti gli aneddoti che aveva sentito raccontare a bottega.

«Lo sai che a Milano gli Sforza ai pranzi importanti mettono dei conigli vivi vicino agli ospiti?».

La madre lo guardò interdetta.

«Conigli vivi? A Milano si mangiano i conigli con tutto il pelo? Ma che bubbole mi racconti! Mi vuoi canzonare?».

«Ma no! Non se li mangiano mica! Gli servono per pulirsi le mani e il coltello. Quando sono unti li passano sul pelo del coniglio e continuano a mangiare!».

«Questa non me la bevo davvero Lionardo! Non potrebbero pulirli nella tovaglia come fanno tutti?».

«Eppure ti giuro che è vero!».

Malgrado quella storia a bottega gliel'avessero raccontata come verità colata, Caterina non gli credette.

Anche se era contento di essere tornato a casa per Natale, Leonardo si accorse che non vedeva l'ora di ritornare a Firenze.

Il paese ormai gli andava stretto.

Firenze, invece, gli cambiava sotto gli occhi di giorno in giorno. Era un cantiere a cielo aperto. Le grandi famiglie fiorentine facevano a gara nell'accaparrarsi gli architetti migliori per costruire palazzi sempre più imponenti. La famiglia Strozzi si era comperata quindici edifici e li aveva abbattuti per far posto al proprio. I Pitti, rivali dei Medici, avevano preteso dagli architetti che le finestre del loro palazzo fossero più grandi della porta di Palazzo Medici.

Fra tanto sfoggio di denaro, il lavoro alla bottega del Verrocchio non mancava.

Nel poco tempo libero che gli restava, Leonardo se ne andava per chiese e si fermava ore ad ammirare quadri e affreschi cercando di carpire il segreto di un paesaggio, di una figura, di un'espressione.

A differenza del suo maestro che continuava a disegnare a tempera, il ragazzo era affascinato dalla tecnica a olio inventata dai fiamminghi. Fra i lavoranti c'erano grandi discussioni su quale delle due fosse migliore, ma alla fine degli accesi dibattiti, ognuno restava della propria idea.

Un giorno i passi lo condussero dentro la chiesa di San Lorenzo. Nella penombra vide un uomo seduto sulla panca che schizzava un disegno sopra un piccolo foglio tenuto sul ginocchio. Era un tipo dai lineamenti grossolani e le mani tozze. Leonardo si avvicinò incuriosito a sbirciare. Dalla punta d'argento con la quale l'uomo graffiava con destrezza il foglio, uscivano via via i tratti di un Cristo morto. Un Cristo strano, col viso da contadino, disegnato in una prospettiva insolita. E sotto il drappo che gli copriva le reni si intravedeva tutta la sua umanità. Lo sconosciuto si voltò di scatto, sentendosi osservato. Lo sguardo era torvo, ma si addolcì vedendo il ragazzo biondo che si ritraeva spaventato.

«Che fai, mi spii?».

«No, no» si impappinò Leonardo. «Guardavo solo. È che quel morto... sembra proprio morto! Più morto di tutti!».

«Già» sorrise l'uomo. «Non hai torto. È che la morte deve essere sempre vera, anche quando si tratta dei santi... o di Cristo. Se sei un pittore devi saperla guardare in faccia la morte».

Piegò il foglio, lo mise nella bisaccia assieme allo stilo e, senza nemmeno salutare, si alzò e uscì dalla chiesa.

Tornato alla bottega Leonardo raccontò l'incontro.

Il Verrocchio sorrise nel sentire con quanta passione Leonardo descriveva il disegno.

«Era di sicuro Andrea Mantegna. Mi hanno detto che è qui in città. Quello sì che è un artista!».

«Suo padre era un pittore?» chiese timidamente.

«Ma quale pittore! Era contadino. Non sono mica le origini che danno il talento. Paolo Uccello era figlio di un macellaio, Sandro Botticelli è figlio di un conciatore».

«E io sono un bastardo» sussurrò.

«Meglio» lo rincuorò il maestro «altrimenti a quest'ora studiavi da notaio come quel noioso di tuo padre! Invece così puoi diventare un bravo pittore».

Leonardo si illuminò. Il Verrocchio non era tanto generoso di complimenti.

«Se te lo dico io, ti puoi fidare. Magari diventerai più bravo di me... però devi ancora mangiarne di zuppe!».

Da qualche tempo, Tita teneva d'occhio Leonardo che aveva cominciato a comportarsi in modo strano. Usciva furtivamente di notte, mentre tutti dormivano e altrettanto furtivamente, rientrava, molte ore dopo.

Era indispettita.

"Con tutte le sue dichiarazioni di amicizia, non mi dice che ha una tresca con una ragazza!". Questo pensiero la faceva particolarmente arrabbiare.

Una notte decise di aspettarlo sveglia e fargli pagar caro il suo silenzio.

Quando sentì i suoi passi nel vicolo era quasi l'alba.

Leonardo stava cercando di non far rumore, ma il battente si aprì da solo. Tita, in camicia da notte, con una delle sue espressioni più battagliere, lo aspettava dietro l'uscio.

Quando lo vide, soffocò un grido. Leonardo aveva gli abiti insanguinati.

«Che è successo? Sei ferito? Ti hanno aggredito?».

Lui era come trasognato. Le indicò il suo taccuino senza parlare. La ragazza lo aprì e sfogliò le pagine.

Dentro c'erano strani disegni di corpi umani straziati che la ragazza non capì, ma che la impressionarono ancora di più.

«Cosa sono questi? Sembrano… sembrano…».

«Morti» confermò lui.

«Morti? Ma... ma... chi... cosa...».

Le raccontò di essere andato al Lazzaretto assieme al Pollaiolo. Là aveva visto scorticare i cadaveri per poter studiare la muscolatura e gli organi interni.

«Questo è il cuore e questi sono reni. E i tendini sono come lunghi cordoni bianchi...».

Tita era spaventata.

«Come hai potuto? Se lo sa Andrea ti caccia dalla bottega! Non lo sai che il Pollaiolo cerca sempre di rubargli il lavoro?».

«Beh, questa volta sono io che cerco di rubargli il suo!» il sorriso del ragazzo era tirato. «Il Pollaiolo vuol vedere come siamo fatti dentro per poter dipingere meglio il corpo umano. E anch'io lo voglio sapere».

Lei si fece il segno della croce.

«La chiesa è contraria. Non si può».

«Basta non dirglielo. Vado a lavarmi».

Uscì nel cortile per togliersi gli abiti insanguinati e lavarsi alla fontana.

Il sole stava sorgendo e lui restò così, a torso

nudo, ad aspettare la luce che saliva da dietro le case. Si guardò pensieroso una mano. La strinse a pugno poi la riaprì lentamente. Sì, lui voleva vedere cosa rendeva possibile quel semplice movimento. Voleva sapere.

# FIRENZE DALL'ALTO

Il 1467 cominciò bene. Anche quell'anno il Verrocchio ricevette l'incarico di preparare gli stendardi per il torneo organizzato dai Medici.

I pettegolezzi nella bottega fiorirono come al solito.

«Ser Lorenzo ha chiesto di dipingere sotto il suo motto una giovane donna che intreccia foglie di alloro».

«Si è appena fidanzato con Clarice Orsini, no?».

Lorenzo di Credi che doveva occuparsi della pittura fece un risolino allusivo.

«Già, peccato che lo stendardo è dedicato a Lucrezia Donati. Quella povera Clarice avrà più corna in testa di un cesto di lumache!».

«Ma i signori mica si sposano per amore, si sposano perché gli conviene».

Il Verrocchio si avvicinò burbero.

«Basta chiacchiere e basta pettegolezzi! Quegli stendardi li dobbiamo fare al meglio. Coi Medici abbiamo in ballo diverse commesse importanti e non si può sbagliare».

La commissione a cui mirava il Verrocchio era la creazione della grande palla di rame con la croce che andava posta sulla cupola del duomo progettata dal Brunelleschi.

Un giorno portò con sé Leonardo fin sulla cima della cupola per studiare come doveva essere grande la sfera.

Il ragazzo lo sentì borbottare e misurare.

«Il problema non è la fusione della palla di rame. Quello è facile. Basta fonderla a spicchi come un'arancia. Il difficile è issarla e fissarla in sicurezza! Con una croce in cima poi! Sarà una bella gatta da pelare».

«Voi maestro siete il migliore!».

Ma il Verrocchio si grattò la testa.

«A fondere sì, ma come ingegnere...».

E tornò a misurare.

Leonardo salì fino in cima alla cupola e guardò incantato la città sotto di sé.

Non l'aveva mai vista dall'alto.

Le strade del centro brulicavano di gente. In tutte le piazzette si vedevano uomini che giocavano a palla. Qualche giorno dopo, durante il carnevale, ci sarebbe stata la sfida tradizionale di calcio, e anche se il torneo dei calcianti era riservato agli adulti, tutti i ragazzi facevano partite amichevoli fra di loro. Per la verità, amichevoli lo erano poco, visto che si giocava senza esclusione di colpi e ci si poteva fare davvero male.

A mezzogiorno le campane delle chiese cominciarono a suonare come se si fossero date appuntamento. Gli uccelli disturbati nella quiete dei campanili riempirono il cielo di voli. Leonardo sentì dentro una gioia profonda e gli tornò in mente quella volta in cui, in cima al pagliaio, aveva liberato il falco. Allargò le braccia e lanciò un urlo potente.

«Libero!».

Era quella la felicità?

Alla bottega non si parlava che del grande torneo di pallone.

A lui non piaceva particolarmente quel gioco in cui le regole praticamente non esistevano, ma era veloce e la vita passata in campagna lo avevano reso robusto. Le lotte che faceva con i ragazzi del paese lo avevano abituato a cavarsela senza esclusione di colpi. Così si lasciò coinvolgere assieme ad Agnolo di Polo in una sfida fra due quartieri. Per distinguere una squadra dall'altra i calcianti si erano legati stracci di colori diversi al braccio. Lorenzo di Credi assegnò i ruoli.

«Tu Leonardo che sei veloce farai il "corridore", il Ghirlandaio che l'è tosto e sa spintonare bene farà lo "sconciatore", il Perugino, in difesa fa il "datore addietro" e io faccio il "datore innanzi" e vi passo la palla. Tutto chiaro?».

Di solito le squadrette di ragazzi che si affrontavano erano di strade vicine e rivali, che attraverso il gioco spesso risolvevano anche questioni e liti personali. Ma quella volta non si trattava del solito gruppetto di giovani scalcinati come loro. I ragazzi che li avevano sfidati venivano da una zona ricca della città. Lo si vedeva dagli abiti e dalle calzature che indossavano.

«Diamoci dentro» gli sussurrò Agnolo «quelli credono di vincere solo perché sono ricchi sfondati! Guarda, c'è anche Giuliano de' Medici fra loro».

E gli indicò un ragazzo bruno e magro fra i giocatori della squadra avversaria.

Leonardo riconobbe in lui il bambino che il giorno del suo arrivo alla bottega del Verrocchio aveva intravisto assieme al fratello.

Quando la partita cominciò, venne colto di sorpresa e finì subito a gambe levate a causa di un violento spintone. Ma si rimise subito in piedi e a testa bassa catturò la palla spingendosi verso la linea degli avversari per segnare una "caccia". Più che una partita era una zuffa.

Dopo un'ora di accanita battaglia in mezzo alla strada, ricchi e poveri sembravano tutti vestiti uguali.

Si beccò un morso in un polpaccio, ma proseguì la corsa senza nemmeno voltarsi per vedere chi glielo aveva dato. La polvere e il sudore ave-

vano reso irriconoscibili le squadre e capitava che si spintonassero fra appartenenti della stessa formazione, perché lo straccio che doveva servire da segno di riconoscimento era ormai per tutti diventato colore della terra.

Ad un certo punto Leonardo si trovò davanti Giuliano che, rosso come un gambero per la corsa, gli si tuffò sulle gambe per fargli mollare la palla, ma lui, intuendo la mossa, si chinò e gli diede una violenta gomitata in faccia. Il naso del ragazzino cominciò a perdere sangue come una fontana e dovette ritirarsi, mentre Leonardo segnava la "caccia" della vittoria. La squadretta dei ragazzi della bottega aveva vinto la partita. Gli amici presero Leonardo e lo fecero volare in aria per la contentezza.

Ma quando il Verrocchio lo venne a sapere ne fu costernato. I Medici rappresentavano la maggior fonte di reddito per lui.

«C'era bisogno di spaccargli il naso?» sbraitò. «Adesso chi lo sente Ser Lorenzo? Guai a chi tocca suo fratello! Leonardo, questa volta me l'hai proprio combinata grossa!».

La serata passò così, con il maestro che si lamentava e i lavoranti che si complimentavano con Leonardo. E lui, in mezzo, che non sapeva se essere contento o preoccuparsi.

Il giorno seguente Lorenzo de' Medici arrivò alla bottega seguito da Giuliano, che aveva il naso grosso e gonfio come un peperone.

Quando li vide, Leonardo si sentì tremare. Accidenti! Aveva ragione Andrea. Con la sua stupida gomitata rischiava di mandare in malora il lavoro della bottega.

Il Verrocchio si fece incontro ai due iniziando a balbettare scuse, ma il Medici lo guardò stupito.

«Che c'è, maestro? È successo qualche cosa? Di cosa ti dovrei scusare?».

Andrea si confuse e tacque non sapendo più che pesci pigliare.

«No, ecco, io... dicevo... che... che sono qui per servirvi».

«Ottimo» riprese Lorenzo «perché ho una commissione che mi sta particolarmente a cuore. C'è da fondere una campana per il convento di San Marco, ma deve essere pronta assolutamente per il primo di agosto. Sono tre anni che Cosimo, il mio signor nonno, è morto e voglio che ci sia una nuova campana dedicata a lui che suoni i rintocchi della messa solenne in sua memoria. E tu puoi farne un'opera d'arte come deve essere. Pensi di poterci riuscire?».

Il Verrocchio si riprese.

«Per il primo di agosto... io, sì... certo c'è da correre!».

«Per questo sono qui. E se me la farai con la maestria che ti è propria... e a costo onesto, sia chiaro... potrei prenderti in considerazione per la palla di rame da piazzare sul duomo. Allora?».

Il viso del Verrocchio si allargò in un sorriso.

«Sarà una campana che si sentirà fino a Fiesole!».

«Ci conto. Ma deve essere pronta assolutamente per il primo agosto».

E senza aggiungere altro si diresse verso la porta.

Giuliano cercò con lo sguardo Leonardo e gli andò vicino.

«Senti tu, se vuoi che non faccia la spia a mio fratello su chi mi ha rotto il naso, mi devi promettere una cosa» gli sussurrò.

«Cosa?».

Leonardo era stupito. Ma come, non aveva detto niente?

«Mi devi promettere che quando avrai l'età per giocare al calcio lo farai nella mia squadra con i colori dei Medici».

Leonardo rise.

«Promesso».

# IL BASILISCO

Ser Piero ogni tanto passava dalla bottega per verificare i progressi del figlio e un giorno gli portò una "rotella" di legno mezza storta perché ci dipingesse qualche cosa per un suo mezzadro che gli aveva fatto un favore.

«Decidi tu che farci. Ormai gliel'ho promesso. Mi ha detto il Verrocchio che sei diventato bravo. Vedi di farmi fare bella figura».

Leonardo arrossì. Era contento che il padre gli chiedesse di fare qualche cosa per lui e nel tempo libero raddrizzò la rotella, la lisciò a regola d'arte e cominciò a dipingerla.

Ricordando la paura che il Ghirlandaio si era preso con il suo ramarro-drago, dipinse una specie di basilisco che sembrava uscire da una spaccatura del legno.

Quando l'ebbe terminato, l'effetto era veramente realistico.

Il Verrocchio guardò ammirato il terribile serpente col capo da rapace che soffiava fumo dalle narici.

«Lo sai che questa la potresti vendere e farci un bel po' di denari?».

Ma Leonardo rifiutò.

«L'ho promessa a mio padre».

Il complimento però gli fece piacere. Corse in via della Prestanza.

La moglie di Ser Piero gridò di paura quando il ragazzo le mostrò il dipinto, ma poi rimase deliziata quando Leonardo le propose di fare uno scherzo al padre.

Misero la rotella nello studio e chiusero le imposte della finestra, lasciando la stanza in penombra.

Francesca considerò criticamente il risultato.

«Forse potremmo mettere una candela a terra, così illuminerà la bestiaccia che farà ancora più paura».

E senza aspettare risposta, andò a prendere una candela. La accesero la piazzarono dietro lo stipite della porta in modo che con la luce incerta, rendesse ancora più sinistro il dipinto. Così illuminato, il basilisco risultava davvero terrificante.

Sembrava che l'animale uscisse da una crepa del muro per lanciarsi contro chi entrava.

Lasciarono l'uscio socchiuso e attesero il ritorno di Ser Piero.

Quando sentirono la sua voce si nascosero nella stanza di fronte.

Mentre aspettavano nel buio che l'uomo salisse le scale, Leonardo guardò incuriosito la ragazza di fianco a lui. Con le guance rosse per l'eccitazione e un sorriso birichino sulle labbra, sbirciava dalla fessura. E pensare che quella lui avrebbe dovuto chiamarla "signora madre"!

Incollò a sua volta l'occhio allo spiraglio della porta.

Il padre brontolò perché la moglie non era andata ad accoglierlo e i due ridacchiarono complici, sentendo le sue rimostranze.

L'uomo spinse l'uscio dello studio senza sospetti e cacciò un urlo.

A quel punto, Leonardo e Francesca uscirono allo scoperto ridendo come pazzi.

Riavutosi dalla paura, il padre guardò compiaciuto il dipinto.

«Sei diventato davvero bravo, figliolo! Chi l'avrebbe mai detto. Mi hai fatto quasi morire di spavento, ma complimenti davvero!».

La cena fu allegra e per la prima volta si sentì a suo agio nella casa di famiglia.

La settimana seguente aspettò invano che Ser Piero passasse dalla bottega per raccontargli i commenti del mezzadro.

Alla fine, non vedendolo arrivare, tornò in via della Prestanza per domandarglielo. L'uomo era nel suo studio, intento a scrivere. Alla timida domanda del figlio sollevò appena il capo dalle carte.

«Il tuo dipinto... ah, già. Ho deciso che era troppo per un mezzadro» rispose distratto. «Per lui ho comperato una tavola con un cuore trafitto e gliel'ho regalata, così ho potuto vendere la rotella per cento ducati a certi mercanti fiorentini».

E senza aggiungere altro, chinò di nuovo la testa sui documenti, dimenticandosi di lui.

Leonardo rimase immobile sulla porta. Cercò di convincersi che doveva esserne fiero. In fondo, cento ducati erano una bella cifra e se il padre era riuscito a venderlo voleva dire... voleva dire...

Ma dentro di sé si sentì terribilmente triste. Avrebbe preferito che suo padre tenesse per sé l'opera che aveva mostrato di ammirare tanto. O, almeno, se voleva venderla, che glielo avesse detto. Ma quella indifferenza... quella, no, non riusciva a sopportarla. Era come se avesse venduto lui per cento ducati. Come se fosse stato anche lui una "cosa" da barattare sul banco del mercato vecchio.

Scese le scale a testa bassa.

Francesca, che lo aspettava vicino alla porta, gli toccò timidamente la manica.

«Mi dispiace!».

Ma lui alzò lo sguardo e ricacciò il pianto che gli premeva la gola.

«Buonanotte, "signora madre"».

Se ne andò dalla casa come se fosse inseguito.

Corse per le stradine del centro, scostando malamente chi gli si parava sul cammino. Si arrestò solo quando arrivò sulla riva dell'Arno.

Ansimante, si appoggiò alla spalletta di Ponte Vecchio. Sotto di lui, l'acqua scorreva tranquilla, illuminata dalla luce della luna. Si fermò a lungo, fino a quando il tumulto del suo cuore non si fu calmato e promise a se stesso che non avrebbe mai più permesso a suo padre di ferire i suoi sentimenti.

In fondo, si disse, non era poi così difficile: bastava non aspettarsi niente da lui.

Da quel giorno il suo rapporto col Verrocchio cambiò. Diventò più stretto. Anche il maestro lo percepì, senza bisogno di parlare, tanto è vero che si faceva accompagnare da lui ogni volta che poteva.

Lo portò con sé anche al Convento di San Marco per studiare dove doveva essere collocata la campana per Lorenzo de' Medici.

Mentre l'uomo decideva le dimensioni del bronzo, il ragazzo gironzolò per il chiostro.

L'ombra del porticato creava un piacevole contrasto col sole violento di luglio.

Seguì il suono di un canto e si ritrovò in una cappella in cui un gruppo di frati stava pregando ad alta voce. Si sedette sul fondo e ascoltò a occhi chiusi. La calma di quel luogo scendeva nel cuore e quando le voci alla fine tacquero, aprì gli occhi pacificato e subito si smarrì guardando una bellissima deposizione del Cristo affrescata sulla parete di fronte.

Si avvicinò e allungò la mano per toccare, sul muro, i panneggi di un abito.

Un grosso frate accanto a lui sorrise.

«Sembrano veri, eh? Frà Giovanni era davvero bravo».

«È così che si chiama il pittore?».

«Veramente noi lo chiamiamo Beato Angelico, perché guardare i suoi dipinti dà a tutti un grande gioia, una vera beatitudine, ma sì, lui si chiamava Frate Giovanni. Era frate in questo convento venti anni fa. E tu chi sei?».

«Io? Leonardo. Sono qui col mio maestro per la nuova campana».

Il frate corrugò la fronte.

«Andrea del Verrocchio, vero? E pensare che il Batacchio sperava di poterla costruire lui. Sarà venuto almeno dieci volte a studiare il campanile».

«E chi è il Batacchio?».

«Ah, già. Non puoi saperlo, tu. Sei giovane. Si chiama Pietro, ma siccome non fa altro che bronzi, il suo soprannome è diventato Batacchio... come il batacchio della campana. Rimarrà parecchio deluso. Ma tanto si sa, decide chi paga. E se Ser Lorenzo ha deciso che la deve fare il tuo maestro, così sarà».

Ritornando a bottega, riferì al Verrocchio quello che aveva saputo dal frate, ma l'uomo si strinse nelle spalle.

«Mi dispiace per il Batacchio, ma il lavoro è lavoro. Se toccava a lui io mica andavo a lamentarmi in giro!».

Dopo cena, Tita prese in disparte Leonardo.

«È vero che mio fratello ha chiesto un anticipo a Ser Lorenzo per la campana?».

Il ragazzo non capì il senso di quella domanda. Lei non si era mai interessata dei contratti del fratello.

«Sì, mi pare di averne sentito parlare. Perché?».

«Perché quei denari li vuole usare per la mia dote, ecco perché! Mi ha promessa in moglie a un mercante, capisci?».

Leonardo non sapeva che dire. Non era pratico di sposalizi e di doti.

Tita aveva lo sguardo scintillante di rabbia.

«Ad Andrea non importa nulla se a me piace o non piace. Mi ha solo detto che lui non vivrà in eterno e che mi vuole vedere "in mani sicure". Ma io da quelle mani non voglio nemmeno essere toccata!».

«Magari, se lo conosci meglio...» tentò Leonardo investito da quella piena di parole.

«Quello là ha la faccia da imbecille ed è anche pelato! E io amo Luigi».

«E chi è Luigi? Un momento... intendi Luigi il barbiere? Il garzone che lavora nella bottega in fondo alla strada? Quello che taglia anche i calli dei piedi?» fece una smorfia.

«Sì» confermò lei sulle difensive. «Non c'è niente di male a tagliare i calli! E io ho deciso: se mio fratello non sente ragioni, fuggirò con Luigi».

«Non puoi farlo! Tuo fratello non se lo merita».

«Neanche io mi merito un marito che non mi piace».

Il tono della ragazza era battagliero.

Il Verrocchio uscì nella corte con una cornice in mano.

«Che avete da confabulare, voi due?».

La risposta arrivò all'unisono.

«Niente!».

# LA FALSA CAMPANA

Leonardo venne coinvolto a tempo pieno nella lavorazione del bronzo.

«Non è che devi far campane tutta la vita» lo imboniva il maestro «ma così impari a fondere, fai pratica. E quando hai imparato puoi fare tutto: cavalli, statue, utensili. Insomma, lavorare il bronzo è un'arte, capisci?».

In realtà non c'era bisogno di convincere nessuno, perché Leonardo seguiva la lavorazione con passione. Gli piaceva quella fatica fisica che annullava i pensieri.

E la sera crollava stanco morto sul pagliericcio.

Il primo di agosto era vicino e bisognava sbrigarsi col lavoro.

C'era anche da combattere con le maldicenze del Batacchio che, una volta saputo di aver perso l'incarico, non faceva altro che spettegolare in giro.

Agnolo di Polo arrivò trafelato dalla piazza.

«Maestro, il Batacchio dice che noi abbiamo troppo lavoro e che non ce la faremo mai a consegnare la campana in tempo!».

«E tu lascialo dire» rispose pacifico Andrea.

«Ma dice anche che voi siete stonato come... una campana e che non saprete intonarla come si deve una volta che sarà finita!» rincarò il Ghirlandaio.

«Per quello non c'è problema. Ci penserà Leonardo. Vero? Lui l'è intonato come un angelo!».

Leonardo annuì contento.

La costruzione di quella campana diventò praticamente un lavoro suo, sotto la guida del maestro. Scriveva sul suo taccuino tutte le fasi di costruzione e le percentuali di metalli. Non voleva dimenticare nulla.

Era un procedimento complicato, lento, che richiedeva pazienza e precisione.

«Il passaggio più importante è la falsa campana» spiegava il Verrocchio.

«La... falsa campana? Perché si chiama falsa?».

«Perché è la copia esatta di come sarà la campana di bronzo, già con i fregi e tutto, solo che è di argilla. Se tu arrivi a far bene quella non puoi sbagliare. Poi non ti resta che fondere».

Il lavoro procedette a tappe forzate. La cottura degli stampi di argilla avveniva nell'estrema periferia di Firenze, in aperta campagna. Il fuoco andava sorvegliato per ore e a volte si dormiva fuori.

A Leonardo piaceva dormire a cielo aperto perché gli ricordava Vinci. Gli tornavano in mente certe nottate in cui con lo zio uscivano prima dell'alba per andare a pescare.

A metà luglio la "falsa campana" fu pronta.

«Ora devi fare i fregi e le scritte con la cera, gli disse il maestro».

«Io?» la voce di Leonardo era emozionata.

«E chi se no? Non te le devi inventare, basta che copi dal disegno. Ma, attento, perché tutto quello che disegnerai con la cera verrà stampato sulla campana di bronzo e suonerà per sempre!».

Il ragazzo si mise al lavoro e con la cera calda via via mise in rilievo sulla grande campana di argilla le decorazioni che il Verrocchio aveva previsto.

Il maestro guardò criticamente il risultato e lui attese impaziente il suo giudizio. Era il suo primo lavoro importante.

«Bravo, verrà una bella campana. Adesso dobbiamo solo fondere il bronzo e accordarla».

Tutti gli allievi andarono ad aiutare per scavare la grande buca che serviva per la fusione. Quando il grande forno interrato fu pronto, Tita portò pane e formaggio e si festeggiò l'occasione con l'aiuto di una robusta botticella di vino.

Venne acceso il fuoco che doveva ardere per tutta la notte.

«Allora, chi resta di guardia?» chiese il Verrocchio.

Lorenzo di Credi si offrì.

«Rimango io che sono meno sbronzo di voi».

«Va bene. Noi si va a dormire qualche ora. Domattina all'alba siamo qui e si fa la fusione».

Il gruppo tornò alla bottega. Gli allegri schiamazzi si udirono a lungo nel silenzio della campagna.

Dire che Lorenzo di Credi fosse sobrio sarebbe stata una bugia, ma il vino lo reggeva abbastanza bene. Si appoggiò vicino al tronco della quercia a qualche metro dalla buca fumante e coprì la falsa campana con un telo per preservarla dalla rugiada.

Tirò fuori dalla tasca uno zufolo e suonò un poco per tenersi compagnia. Ma il tempo sembrava non passare mai. Si alzò per sgranchirsi le gambe, andò a fare pipì contro un cespuglio e tornò a sedere.

Sentì un fruscio dietro le sue spalle e si allarmò. Il maestro gli aveva detto di stare attento a non lasciare che nessuno si avvicinasse.

Si alzò a controllare, poi, rassicurato si sedette di nuovo e ricominciò a suonare.

Un leggero torpore cominciò a serpeggiargli in corpo e lui spalancò gli occhi nel buio. Ma le palpebre piano piano gli si chiusero e pochi minuti dopo russava.

All'alba gli amici lo trovarono beatamente

sdraiato sotto la quercia vicino al fuoco che ardeva nella buca.

Il Verrocchio lo scosse violentemente.

«Lorenzo, dov'è la falsa campana?».

Il ragazzo si stropicciò gli occhi confuso.

«Eh? Cosa? Dove vuoi che sia! L'è dove è sempre stata! L'ho anche coperta».

Ma la campana di argilla era sparita.

Leonardo gli si scagliò contro.

«E tu eri quello sobrio che doveva stare sveglio, vero? Accidenti a te, dovevo restare io a fare la guardia!».

«Ma certo! Tu sei il meglio del bigoncio! Ieri sera non ti reggevi nemmeno in piedi, ti saresti addormentato prima di me» si difese Lorenzo. «Di sicuro è stato il Batacchio! Ci scommetto che l'è stato lui! È da quando abbiamo cominciato questo lavoro che soffia sul foco».

Cercarono intorno. Ma non trovarono nessuna traccia. Il Verrocchio si disperò.

«Io ti ci metterei a te sul foco! E adesso? Siamo a metà luglio! Non si fa in tempo a rifare lo stampo. È impossibile. Sono rovinato!».

Leonardo, intanto, cercava tracce in giro.

«Maestro, qui ci sono le impronte di due persone».

«E che ci facciamo con le impronte? Mica possiamo andare a misurare i piedi a tutta Firenze!».

«Io vado in piazza e faccio un macello!» gridò Lorenzo di Credi. «L'ha da saltar fuori chi è stato!».

«No» lo fermò il Verrocchio «tu torni a bottega e te ne stai zitto e bono. Non un fiato o una parola. Nessuno deve sapere che è sparito lo stampo mentre si cerca una soluzione. Chiaro?».

# SULLE TRACCE

Nella tarda mattinata le chiacchiere sulla sparizione viaggiavano già di bocca in bocca. Qualcuno si era premurato di spargere la notizia.

Il Verrocchio era disperato. Per il danno economico e per la perdita di credibilità.

Ma, quando a mezzogiorno Lorenzo de' Medici passò per chiedere se il pettegolezzo che circolava per Firenze era vero, lui, istintivamente, negò.

«Che dite! Sono bugie di invidiosi. Ho promesso che la campana per vostro nonno sarà pronta il primo di agosto e che i rintocchi si sentiranno fino a Fiesole, giusto? E così sarà».

Lorenzo se ne andò rassicurato e Andrea piombò a sedere, asciugandosi la fronte sudata per l'angustia.

Lorenzo di Credi che si sentiva in colpa per la mancata guardia, non si dava pace.

«Se l'è stato il Batacchio basta andare a bottega da lui a vedere, no?».

Ma Leonardo lo guardò con sufficienza.

«Se è stato lui, di sicuro non tiene la campana dove noi possiamo trovarla!».

Il Verrocchio si alzò sospirando.

«Un tentativo lo dobbiamo fare. Si va a dare un'occhiata».

Il Batacchio era seduto davanti alla porta circondato dai suoi lavoranti, come se stesse aspettando quella visita. Quando vide Andrea con i suoi gli scappò un sorriso maligno.

«Qual buon vento, mastro Andrea! Come mai un artista come te si degna di venire da un modesto artigiano come me?».

«Poche storie Batacchio. Sappiamo tutti e due che hai rubato tu lo stampo».

L'uomo si alzò e invitò cerimoniosamente l'avversario ad entrare.

«Nella mia bottega non trovi altro che campane, perché io sono maestro nel farle, non come te che metti mano a tutto pur di prendere due denari. Ma se vuoi controllare, entra. Non ci trovi di certo la tua».

Il Verrocchio lo spinse da parte ed entrò assieme a Leonardo e Lorenzo.

Guardarono in ogni possibile pertugio. Lo stanzone era ingombro di stampi, campane semilavorate, ma di quella per il convento di San Marco non c'era traccia.

«Visto?» il tono del Batacchio era esultante. «Io non ce l'ho con te. Se vuoi consegnare in tempo la tua campana ti posso aiutare. Tutta Firenze lo dovrà sapere, però».

I tre se ne andarono.

«Eppure io lo so che è stato lui!» borbottò Leonardo.

Tornati a casa, il Verrocchio restò a lungo a meditare sul da farsi.

«È inutile» sospirò. «Anche lavorando giorno e notte non ce la possiamo fare. Dovrò dire ai Medici che ho fallito».

«Domani, maestro! Cosa cambia? Diciamoglielo domani» la voce di Leonardo era implorante.

«E va bene. Aspettiamo domani».

Leonardo era convinto della colpevolezza del Batacchio e decise comunque che l'avrebbe tenuto d'occhio. Si nascose in una altana dalla quale poteva controllare la bottega dell'uomo. E aspettò.

Ma, durante tutta la giornata, non successe assolutamente nulla. L'uomo, non si mosse se non per andare alla vineria di fronte a farsi un bicchiere.

La sera aveva le membra intorpidite, ma non voleva mollare.

La bottega chiuse i battenti e lui ancora non lasciò la postazione.

Ad un tratto, vide l'uscio aprirsi cautamente e una figura scivolare fuori. Era il capo dei lavoranti che se ne andava rasente i muri, guardandosi alle spalle.

Leonardo esultò e in quattro salti corse in strada.

Seguì l'uomo tenendosi a distanza. Questi, all'inizio, si voltò indietro ripetutamente per controllare di non essere seguito. Attraversò mezza Firenze e si diresse verso la campagna.

«Vai, vai, bello mio!».

Il garzone si infilò in una macchia e per un attimo Leonardo temette di averlo perso di vista.

Dov'era finito? L'uomo sembrava che fosse stato inghiottito dalla terra.

Si fermò dietro un cespuglio cercando di non far rumore, scrutando il punto in cui aveva visto il garzone sparire.

La sua pazienza fu premiata, perché dopo qualche minuto, lo vide ricomparire da un imprevedibile intrico di rovi, che sistemò dietro di sé.

«Non ci posso credere! Là dietro ci deve essere una grotta!».

L'uomo si fermò ancora un po' guardandosi attorno sospettoso. Il ragazzino trattenne il fiato. L'aveva visto, per caso? Ma il garzone alla fine si decise e si avviò verso la città. Leonardo non osava uscire allo scoperto. Lasciò che gli uccelli notturni riprendessero a cantare e quando fu sicuro di essere rimasto solo, andò verso l'intrico di rovi dal quale aveva visto sbucare l'uomo.

Aiutandosi con un bastone li scostò e dentro un piccolo anfratto naturale trovò lo stampo della loro campana.

Rifece di corsa la strada verso Firenze e, ansimando, entrò in bottega, svegliando tutti quanti.

«L'ho trovata!».

Il Verrocchio sbucò in camicia da notte in cima alla scala, spaventato dal trambusto.

«Icche c'è?».

«Maestro! Ho trovato la campana! L'hanno nascosta in una grotta in campagna».

L'eccitazione era al massimo e le proposte si incrociavano.

«Dobbiamo denunciare il Batacchio!».

«Ma lui può sempre dire che non c'entra!».

«Gli diamo un fracco di legnate!».

«E bravo, così poi ci denuncia lui!».

«Gliela dobbiamo far pagare! Non la può passare liscia!».

Leonardo prese la parola.

«Ho io in mente un modo! Zitti, ascoltatemi».

Ottenne silenzio. In fondo aveva trovato lui la loro campana.

Il ragazzo era un mago nelle burle e l'idea che gli era venuta avrebbe messo nel ridicolo il loro nemico.

«Per prima cosa ci andiamo a riprendere la campana. E poi...».

«E poi?».

«E poi, gli si riempie la grotta di merda di cavallo!».

Una grande risata accolse la proposta. In un minuto, tutti furono in piedi.

Si sparpagliarono per il quartiere a raccogliere letame che misero in grandi ceste sopra un carretto.

«Maremma cane, che puzza!» brontolò Agnolo tenendo più lontano possibile da sé una pala piena di sterco. «Leonardo, ma l'è proprio un'idea di cacca la tua!».

«E tu non pensare che cos'è oggi, pensa che ieri tutto questo ben di dio l'era fieno profumato!» lo canzonò il Perugino.

Ci lavorarono silenziosamente tutta la notte. Arrivati alla radura, caricarono sul carro la campana che venne subito portata in salvo.

Leonardo, Agnolo e il Perugino rimasero a scaricare nella grotta tutte le ceste piene di escrementi.

Prima dell'alba, sporchi fino ai capelli, sistemarono il cespuglio di rovi come l'avevano trovato e andarono a tuffarsi nel fiume per togliersi di dosso l'orribile fetore. Agnolo si sfregò schifato i capelli puzzolenti con l'erba del fiume

«La prossima volta, fatti venire un'idea più profumata!».

Tita fu incaricata di spargere la notizia e al mattino presto era già al mercato.

L'ilarità dilagò fra i banchi e verso la radura cominciò un viavai di persone che volevano vedere con i propri occhi... e verificare col proprio naso, la riuscita dello scherzo. Il giorno seguente, ovunque il Batacchio girasse per Firenze, la gente attorno a lui si scostava turandosi il naso, come se sentisse lezzo di merda.

# NEL FUTURO

Leonardo aspettava impaziente di vedere se la fusione della campana era riuscita a dovere. Quando le braci si furono spente e raffreddate si accalcò con gli altri per togliere il bronzo dalla grande buca nel terreno.

Finalmente la vide. Anche se la campana era ancora sporca di fuliggine si capiva che i fregi che lui aveva dipinto con la cera sul modello di creta erano venuti perfetti sul bronzo.

«Bene, ora è tutta tua» gli disse il Verrocchio. «Devi molarla, lucidarla e accordarla. E ricordati che il rintocco si deve sentire fino a Fiesole!».

Mancavano solo due giorni al primo agosto e il ragazzo li passò a lucidare e accordare. Al suo orecchio abituato alla musica, il suono non risultava ancora perfetto e continuava a limare delicatamente il bronzo superfluo.

Il Perugino gli passava vicino ogni tanto invitandolo a smettere.

«Leonardo, suona già benissimo. Non togliere altro metallo».

«No» si incaponiva lui «non è ancora come voglio io».

Alla fine fu il Verrocchio a levargliela dalle mani.

«Ora basta. Si mette il batacchio e la si va a montare sul campanile del convento».

La campana fu benedetta dal priore, poi tutti i frati aspettarono col naso in su che fosse sistemata in cima al campanile. Leonardo, cavalcioni sul grosso ceppo di legno che regolava il dondolio, sistemò gli ultimi bulloni che ne assicuravano la stabilità e scese con l'agilità di un gatto.

«Fatto».

Il frate campanaro regolò la misura della corda facendo grossi nodi e tese la cima al ragazzo.

«Bene, ora la si prova davvero. Spetta a te».

Leonardo sorrise contento. Si sputò sulle mani e si appese alla corda tirandola con tutte le sue forze. Il rinculo della pesante campana lo sollevò da terra di un metro. Al terzo balzo, riuscì a dare il movimento giusto e il bronzo risuonò con un rintocco potente e perfetto in tutta la borgata.

Ce l'aveva fatta!

La sera il Verrocchio radunò i lavoranti e si raccomandò che il giorno seguente fossero tutti puliti e ben vestiti alla cerimonia funebre in memoria di Cosimo de' Medici.

Leonardo, steso sul suo pagliericcio, non riusciva a dormire. Nel fondo si sentiva insoddisfatto. Certo, la campana era venuta bene, ma era quello che lui voleva fare davvero?

Se chiudeva gli occhi, le immagini che vedeva non erano quelle della campana, ma quelle che lo avevano emozionato in quei due anni. Il corteo dei Magi di Benozzo Gozzoli della sua prima giornata fiorentina. Le battaglie possenti dei cavalieri che Paolo Uccello dipingeva su lunghe pale di legno e che sembravano uscire dal quadro da quanto erano vivi. E poi gli affreschi del Convento di San Marco

del Beato Angelico. Nei giorni trascorsi in quel luogo pieno di serenità, Leonardo si era riempito gli occhi e il cuore di quelle figure immortalate sul muro.

E ancora le enormi macchine che il Brunelleschi aveva usato per innalzare la cupola di Santa Maria del Fiore che giacevano ancora sparse sul prato vicino alla basilica. Per giorni e giorni ci aveva girato attorno, cercando di capire i meccanismi che le facevano funzionare. L'armonia e la genialità di quegli ingranaggi lo avevano conquistato. Si sentiva tentato da quella sfida.

Lui non voleva fare cose piccole. Non voleva fare lo scultore o l'orafo. Voleva fare cose grandi. Inventare macchine come quelle, magari. Ma soprattutto, con tutte le sue forze, voleva dipingere. Lo avrebbe detto al maestro. Glielo avrebbe detto l'indomani, dopo la cerimonia in memoria di Cosimo de' Medici.

Stava per addormentarsi, pacificato, quando colse un movimento furtivo.

Era Tita con un grosso fagotto in mano che si dirigeva in punta di piedi verso la porta.

Leonardo, silenziosamente, la seguì e la acchiappò al volo per un braccio, appena fuori dall'uscio.

«Dove vai?».

«Dove mi pare!» lo sfidò lei.

«Stai scappando col tuo barbiere?».

«Se anche fosse? Io non voglio sposare quel vecchiaccio di un mercante».

«Hai parlato con tuo fratello?».

«No, tanto non capirebbe».

«Ci devi provare. Mastro Andrea non si merita questo».

«Nemmeno io mi merito di sposare uno che ha il triplo dei miei anni e che non mi piace».

«Glielo devi dire. Hai sempre detto che le donne sono coraggiose come i maschi e poi, alla prima prova, scappi come un coniglio».

«Vorrei vedere te. Mio fratello ha la testa dura come il marmo!».

«Ma ha il cuore tenero come il burro. E vuole che tu sia felice. Provaci. Se ti dirà di no, ti aiuterò io stesso a scappare».

Tita rimase un attimo meditabonda.

«Promesso?».

«Promesso».

«E va bene» sospirò «hai vinto. Domattina ci provo».

I due rientrarono in silenzio e Tita risalì le scale col suo fagotto.

Il mattino seguente tutti i lavoranti erano lavati e vestiti, pronti per andare al convento di San Marco. Ma il Verrocchio non si decideva a scendere. Dal piano di sopra si sentivano provenire urla, strilli e rumore di stoviglie che si rompevano.

Evidentemente la ragazza aveva mantenuto la promessa e stava dicendo le sue ragioni al fratello.

Quando l'uomo scese, aveva l'espressione della tempesta ma non disse una parola.

Si mise alla testa del piccolo gruppo e si avviò al convento con passo così veloce che i ragazzi faticarono a tenergli dietro.

«Che gli sarà successo?» chiese sottovoce Agnolo.

«E chi lo sa!» Leonardo fece il finto tonto.

La cerimonia per ricordare Cosimo De' Medici

fu semplice e austera. E la campana suonò profonda e mirabilmente intonata.

Sulla strada del ritorno il Verrocchio prese da parte Leonardo.

«Ser Lorenzo mi ha confermato che saremo noi a costruire la palla di rame con la croce per la cupola del duomo e voglio che tu mi segua nei calcoli. È un grande onore che ci ha fatto».

«Veramente... Botticelli mi ha chiesto di aiutarlo a finire la pala del convento di Borgo San Lorenzo... maestro, io avrei deciso. Fondere mi piace, ma è la pittura che voglio fare. Voglio diventare un bravo pittore».

«E lo diventerai. Ti prometto che lo diventerai. Ma ora ho bisogno di te. Tu puoi fare ben altro Leonardo. Nessuno ha la testa che hai tu e nemmeno la tua mano. Non ti fermare ora. Un artista deve provare tutto, saper fare tutto. Alzare la palla di rame sulla cupola del Brunelleschi è una impresa da giganti che tutti gli artisti della città vorrebbero fare, ma pochi ci possono riuscire. E noi abbiamo l'occasione di provarci. È una grande occasione».

Leonardo lo guardò dubbioso.

«Agnolo mi ha detto che prima si decide la propria strada, meglio è!».

«Agnolo è Agnolo. Lui non potrà mai essere che uno scultore. Un bravo scultore, sia chiaro. Ma tu... tu devi mantenere la mente aperta. Io non ti voglio forzare. Promettimi solo che ci penserai».

Leonardo tornò alla bottega facendo un lungo giro solitario. Aveva bisogno di capire cosa voleva davvero. Tornato alla bottega cercò Tita. Parlare con lei gli era sempre servito. Non per avere delle risposte, ma perché il semplice fatto di mettere in fila i suoi pensieri lo rasserenava. Ma Tita non si vide per tutto il giorno e Leonardo temette per lei. Che la lite col fratello fosse finita male?

La sera, quando tutti dormivano, l'aspettò a lungo seduto sul muricciolo di pietra davanti alla bottega.

Ripensava alle parole del Verrocchio. "Alzare la palla di rame è una impresa da giganti che tutti vorrebbero fare..." e il maestro l'aveva offerta a lui.

Finalmente sentì i passi leggeri di Tita. La ragazza gli si sedette accanto.

«Allora com'è andata con tuo fratello?».

«Avevi ragione, ho fatto bene a parlargli. All'inizio si è arrabbiato come un matto. Ha minacciato di tenermi chiusa un mese dentro casa, ma poi, quando è ritornato dal convento, mi ha detto che gli dispiace che non sarò una ricca mercantessa, ma alla fine quello che gli importa è che io sia felice».

«E così ti sposerai col tuo barbiere. Non potrai più dipingere. Non ti dispiace?».

Lei lo guardò seria.

«Io non sono brava come te. Sì, so mescolare i colori, so preparare una tavola, so disegnare benino, ma in fondo ho scoperto che quello che voglio davvero è avere una famiglia, dei figli... quello che non ho mai avuto».

Leonardo diventò triste.

«Una famiglia vera! Nemmeno io so cos'è. Sai, Tita, è come se sentissi che non riuscirò mai a farmene una».

Lei gli mise una mano sul braccio, timidamente.

«Non dire così. Un giorno anche tu...» ma la voce le si smorzò in gola.

«No, io no. Lo sento, lo so. E in fondo, sai, non mi dispiace nemmeno. Mi sento come se una vita sola non mi potesse bastare. Ho un'energia dentro e tanti sogni nella testa! Ma forse è solo perché per festeggiare la campana ho bevuto un bicchiere di vino di troppo!».

Tita scosse il capo.

«No, tu sei speciale. Vedi, io come pittrice saprei solo rifare quello che gli altri hanno già fatto. Tu invece no. Tu diventerai importante. Il più bravo di tutti».

Leonardo rise con amarezza.

«Io? Un figlio bastardo nato in un borgo della Toscana, che scrive a rovescio? Ma dài!».

«Sì, tu. Diventerai così famoso che non mi saluterai nemmeno più!».

«Mai! Tu sarai sempre mia amica... e mi verrò a tagliare i calli da tuo marito!» la canzonò.

Poi tornò serio.

«Non so cosa diventerò. Ma voglio fare tutto, provare tutto! Viaggiare, andare lontano, nel nord, in altri paesi, magari...».

Tita fece il broncio.

«Così non ti vedrò più!».

Lui continuò trasognato.

«E soprattutto voglio dipingere».

«Tu sei bravo!».

«No, non abbastanza» la sua voce era seria. «Sai, disegnare un cavallo, una battaglia, è complicato, però alla fine ci si può riuscire. Ma dipingere la semplicità... la perfezione segreta di un sorriso, quello sì che è davvero difficile! Ecco, io voglio fare quello».

«Ci riuscirai. Sono sicura che ci riuscirai».

«Chissà!».

## LEONARDO DA VINCI

diventò il più importante artista di tutti i tempi. Fu pittore, scultore, ingegnere, matematico, anatomista, musicista e inventore. Viaggiò, come aveva desiderato. Andò a Milano e in Francia. Sui suoi taccuini scrisse più di 7000 pagine di appunti e disegni. Ideò macchine per volare, per andare sott'acqua, per scavare, per sollevare, per far girare le cose. Fece affreschi immortali, come "l'Ultima cena", ma il suo dipinto più famoso è "La Gioconda", un piccolo quadro che si trova al Museo del Louvre di Parigi che ogni giorno viene visto da 20.000 persone. È il ritratto di una giovane donna dal dolce e misterioso sorriso.

## SER PIERO

non ebbe figli nemmeno dalla seconda moglie, ma gliene nacquero dodici dalla terza e dalla quarta.

## ZIO FRANCESCO

non ebbe figli e quando morì, nominò Leonardo suo erede.

## CATERINA

madre di Leonardo, in tarda età, andò ad abitare con lui.

## ANDREA DEL VERROCCHIO

grazie ad una macchina costruita da Leonardo, innalzò l'enorme palla di rame sul duomo di Firenze. Un fulmine la distrusse nel 1600 e al suo posto ne fu messa una ancora più grande.

## TITA

sposò il suo barbiere.

## GIULIANO DE' MEDICI

fu ucciso durante una congiura della famiglia Pazzi che voleva prendere il potere a Firenze. Aveva 24 anni.

## LORENZO DE' MEDICI

sopravvissuto alla congiura dei Pazzi, governò per più di vent'anni la sua città fino alla morte che avvenne nell'aprile del 1492. Quello stesso anno, Cristoforo Colombo scoprì l'America, ma Lorenzo il Magnifico non lo seppe mai.

**LORENZO DI CREDI, BOTTICELLI, IL PERUGINO, IL GHIRLANDAIO**
diventarono pittori.

**AGNOLO DI POLO**
diventò scultore.

# INDICE